DREAMBOOKS

마왕

13

요도 김남재 신무협 장편소설

ORIENTAL FANTASY STORY & ADVENTURE

dreambooks
드림북스

마왕 13

초판 1쇄 인쇄 2017년 9월 15일
초판 1쇄 발행 2017년 9월 25일

지은이 요도 김남재
발행인 오영배
기획 박성인
책임편집 이대용
표지 · 본문 디자인 권지연
일러스트 나래
제작 조하늬

펴낸곳 (주)삼양출판사 · 드림북스
주소 서울시 강북구 도봉로 173
대표 전화 02-980-2112 **팩스** 02-983-0660
편집부 전화 02-980-2116 **팩스** 02-983-8201
블로그 blog.naver.com/dreambookss
출판등록 1999년 3월 11일 제9-00046호

ISBN 979-11-283-9131-6 (04810) / 979-11-313-0507-2 (세트)

드림북스는 (주)삼양출판사의 판타지 · 무협 문학 브랜드입니다.

왕

13

요도 김남재 신무협 장편소설

ORIENTAL FANTASY STORY & ADVENTURE

dream
books
드림북스

목차

1장. 암살
— 너무 늦게 알았어

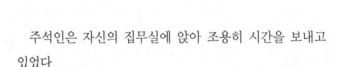

　주석인은 자신의 집무실에 앉아 조용히 시간을 보내고 있었다.

　늦은 밤, 그렇지만 그는 쉴 틈이 없었다.

　오늘까지 확인해야 할 수많은 서류 더미들 속에 파묻혀 하루를 보내던 그는 긴 한숨을 내쉬었다.

　"후우."

　최근 들어 깊어진 고민들이 가뜩이나 나이 든 주석인을 보다 늙어 보이게 만들고 있었다. 그럴 만도 한 것이 하루도 쉴 틈 없이 연달아 터져 대는 사건이 주석인을 고민하게 만들었다.

문제는 그 많은 일들 중에 자신이 원하는 종류의 것은 하나도 없다는 거다.

대공자 혁련휘가 마교의 많은 부분을 장악했고, 이제는 교주마저도 그에게 자리를 내주고 물러나겠다고 한다.

이런 상황에 자신이 믿고 있던 그들의 존재는 별다른 행동을 하지 않고 있다.

그들의 힘을 알았기에 믿고 같이 거사를 도모했던 주석인이다.

그런데 막상 일이 벌어지고 나니 과연 자신이 알았던 그자들의 힘이 진짜인지 의문이 들고 있는 나날들이었다.

가뜩이나 이런저런 일들로 골치가 아파 오던 오늘 혁련휘가 또 다시금 하나의 고민을 안겨 주고야 말았다.

군룡회.

새외의 세력들의 연이은 도발을 막고, 그들과의 싸움을 보다 체계적으로 이루겠다는 목적으로 만들어진 단체.

물론 그런 목적이 있는 건 사실일 것이다.

그렇지만 과연 그게 아무런 정치적 목적이 없다 볼 수 있을까?

혁련휘는 결국 그들을 통합하여 자신의 수하인 자에게 총책임자의 지위를 줬다. 그 말은 곧 변방에 있는 무인들 대부분이 혁련휘의 뜻대로 움직일 거라는 말이 된다.

점점 견고해지는 혁련휘의 권력. 그에 비해 자신은 무엇인가? 시간이 갈수록 오히려 하나씩 잃어 가고 있다.

가뜩이나 혁련휘와 적대적 위치에 서 있었던 자신이다.

당장에야 혁련휘 또한 자신을 그냥 두고는 있지만 소교주였던 혁리원의 일에 자신이 개입되었다는 걸 추후에라도 안다면 그의 성격상 결코 가만히 두지는 않으리라.

하루하루를 가시방석 위에서 살고 있는 지금.

한숨이 깊어지는 건 당연했다.

'이대로 손을 놓고 있다가는 결국 위험해질 터인데…….'

우습게도 지금 주석인이 기댈 수 있는 건 그토록 원망하고, 의심하고 있는 그들이라는 존재다. 그들의 개입이 없다면 자신만의 힘으로는 도저히 커져 버린 혁련휘를 상대할 수 없었다.

그랬기에 주석인은 기다리고 있었다.

우치에게 감시로 붙인 자신의 믿음직한 수하, 신도율이라는 사내의 연락을.

긴 시간을 서류에 집중하고 있던 그가 옆에 놓여 있는 찻잔에 손을 가져다 댔다. 찻잔에 손이 닿자 주석인은 살짝 표정을 찡그렸다.

분명히 뜨거운 차를 준비해 뒀던 것 같은데 이미 식어 버린 지 오래인 듯하다.

차가 식는 것도 모를 만큼 오랜 시간을 집중해서 서류와 싸움을 벌이고 있었던 모양이다.

밤이 늦었다고 자연스레 침침해진 눈.

주석인이 의자에 기댄 채로 나지막이 중얼거렸다.

"나도 이제 늙긴 늙었나 보군."

이제는 쉴 때도 되었건만 아직까지도 주석인은 일선에서 활동하고 있었다.

칠대천 중 하나인 혈뢰주가의 수장으로 살아오며 많은 일들을 겪었다.

그렇지만 단언컨대 요즘처럼 힘들었던 적이 과연 있었을까 하는 의문이 든다.

차갑게 식어 버린 찻잔을 보고 있노라니 이상하게 기분이 가라앉는 그런 시간. 말없이 찻잔만 바라보며 자리하고 있던 주석인이 고개를 든 것은 누군가의 시선을 느끼면서부터였다.

시선이 느껴지는 쪽으로 힐끔 고개를 돌리자 그곳에는 익숙한 얼굴의 사내가 자리하고 있었다.

상대의 얼굴을 확인하는 순간 주석인의 어두침침했던 얼굴이 확 하니 밝아졌다.

그토록 기다렸던 사내, 신도율이 이곳에 나타난 것이다.

"자네! 드디어 돌아왔군그래."

자리를 박차고 일어난 주석인이 반갑게 그에게 다가갔
다.

신도율 또한 자신에게 다가오는 주석인에게 포권을 취하
며 짧게나마 인사를 건넸다.

"기다리셨던 모양입니다."

"당연한 말 아닌가. 우선 고생했을 터인데 이리로 와서
앉게."

주석인은 방에 들어선 신도율을 집무실 한편에 위치한
의자로 황급히 안내했다.

신도율 또한 친숙한 장소였기에 그는 익숙하게 걸음을
옮겼다.

그렇게 주석인의 맞은편에 신도율이 자리했을 때다.

주석인이 황급히 물었다.

"그래, 갔던 일은 어찌 되었는가? 성공인가?"

우치의 뒤를 캐라고 한 이후 한동안 연락이 되지 않아 무
척이나 궁금했던 상황이다.

그러던 중에 신도율이 돌아왔으니 묻고 싶은 것이 많았
다.

"네, 다행히 들키지 않아서 이렇게 돌아올 수 있었습니다."

"허허, 그거야말로 천운이로군. 정말 고생했네. 그래서
뭐 알아낸 것이 있는가?"

"그럼요. 은밀히 보여 드릴 게 하나 있습니다."

말을 마친 신도율이 자리에서 일어나 천천히 주석인의 옆으로 다가갔다.

그러고는 아무렇지 않게 손을 뻗어 스스로의 품 안으로 집어넣었다.

신도율이 지척까지 다다랐거늘 주석인은 일말의 의심조차 하지 않았다.

그가 뭔가 다른 행동을 할 거라 여기진 않았으니까.

그런데 순간 주석인의 눈 끝이 미묘하게 떨렸다.

신도율이 가까이에 다가오자 여태까지 느끼지 못했던 역한 냄새를 맡은 것이다. 그리고 그 냄새의 정체가 뭔지 주석인 같이 잔뼈가 굵은 무인이 모를 리가 없었다.

피 냄새다.

피 냄새를 느낀 주석인이 바로 옆에까지 다가온 신도율을 향해 물었다.

"무슨 일 있었는가? 피 냄새가 나는데."

"……오는 길에 잠시 귀찮은 일이 있었습니다. 최대한 조심히 끝냈는데 아무래도 옷 어딘가에 피가 튄 모양입니다."

"그래?"

신도율의 그 말에 주석인은 전혀 의심조차 하지 않았다.

그만큼 주석인이 신도율을 믿는다는 소리이기도 했다.

신도율이 빠르게 화제를 돌렸다.

"그보다 제가 말씀드리려는 건 이겁니다."

말과 함께 품에서 겹겹이 쌓인 종이를 꺼내어 든 신도율.

그가 조심스럽게 종이를 펼쳤고, 주석인은 그걸 뚫어져라 바라보고 있었다.

이내 펼쳐진 종이, 그런데 그 안에는 그저 하얀 가루만이 담겨져 있었다.

내용물을 확인한 주석인은 이게 뭐냐는 듯이 물었다.

"이 가루가 무엇인데……."

입을 여는 바로 그때였다.

훅!

옆에 서 있던 신도율이 종이 쪽으로 입바람을 강하게 불었고 위에 있던 가루가 지척에 있던 주석인의 얼굴을 순식간에 뒤덮었다.

가루는 순식간에 눈과 코, 입을 통해 주석인의 몸 안으로 밀려들어 갔다.

갑작스럽게 주변으로 피어오른 가루에 주석인은 황급히 손을 저었다. 그렇지만 이미 가루의 일부가 그의 몸으로 파고든 후였다.

가루의 일부를 맡았을 뿐이거늘 주석인의 몸이 빠르게

마비되기 시작했다.

몸의 변화를 느낀 주석인은 황급히 입을 열었다.

허나 아무런 말도 나올 수가 없었다.

입을 여는 그 순간 옆에 서 있던 신도율의 손이 그의 턱부터 해서 하관 자체를 강하게 틀어잡았기 때문이다.

"큭!"

"어딜 시끄럽게 하려고."

입을 틀어막은 신도율의 입가에 걸린 미소.

마비산의 일종인 육혼분이라는 물건이다. 이 독은 치명적인 독성이 없는 것이 특징이지만 일시적으로 신체의 기능을 둔화시킨다.

지척에 다다른 이후 일격에 죽일까도 생각해 봤지만 만약에라도 주석인이 운 좋게 피해 내게 되면 일이 귀찮아질 공산이 컸다.

그랬기에 신도율은 보다 확실하게 일을 처리하기 위해 소일홍에게서 이 육혼분이라는 마비산을 받아 왔고, 자신을 믿는 주석인의 지척까지 접근해 절대 피할 수 없게 하독한 것이다.

몸이 마비되어 가는 것도 문제였지만 전신을 꼼짝 못 하는 이유는 하나였다.

턱을 움켜잡은 신도율의 손.

이미 반쯤 주석인을 올라탄 신도율은 양 무릎으로 그의 팔을 깔아뭉개며 제압한 상태였고, 신체 중 그나마 움직일 수 있는 건 천천히 마비되어 가고 있는 혀와 데굴데굴 굴리는 것밖에 할 수 없는 눈만이 전부였다.

마비되어 가는 혀를 억지로 움직이며 주석인이 입을 열었다.

"너어⋯⋯."

힘겹게 내뱉은 한마디거늘 이것조차도 바람 빠진 목소리처럼 얇고 힘없이 뿜어져 나간다.

이런 상황에서는 소리를 쳐 주변에 알리는 것 자체가 불가능했다.

그렇게 점점 어두워지는 시선을 억지로 잡고 있는 주석인에게 올라타 있던 신도율의 입가에 서서히 미소가 감돌기 시작했다.

그리고 그 미소를 마주하는 순간 주석인에게 짙은 공포가 밀려들었다.

분명 같은 사람이다.

그런데⋯⋯ 웰까? 지금 눈앞에 있는 이 사내는 분명 자신이 알아 오던 그자가 맞거늘, 이상하게 오늘 처음 보는 것 같은 생소한 느낌이 든다.

산전수전을 다 겪은 노장인 주석인이었기에 굳이 설명을

듣지 않아도 알 수 있었다.

여태까지 알아 왔던 신도율이라는 사내의 모습은 모두 가짜였다는 것을.

그리고 이자 또한 그들과 밀접한 관련이 있다는 사실도.

분에 찬 눈동자를 마주한 신도율이 비웃으며 입을 열었다.

"그러게 조금 일찍 알아차리지 그랬어. 멍청하게 끝까지 믿기는."

주석인은 남아 있는 힘을 쥐어짜며 입을 열었다.

"이것이…… 진짜 네 모습이었더냐……."

힘겹게 새어 나오는 목소리.

그런 그의 말에 대답 대신 신도율은 품 안에 감춰 두었던 짧은 단도를 꺼내 들었다.

섬뜩한 빛을 토해 내는 날카로운 단도가 주석인의 눈가에 아른거렸다.

단도를 슬며시 목에 가져다 댄 신도율이 웃는 얼굴로 말했다.

"궁금한 게 많네. 곧 죽을 놈이."

"이익……."

뭔가를 더 말하려 했지만 신도율은 그걸 허락지 않았다.

강하게 입을 틀어막은 그는 곧바로 주석인의 목 옆쪽에

단도를 쑤셔 박았다.

피가 분수처럼 터져 나왔다.

그럼에도 불구하고 그 피를 맞는 신도율의 표정은 여전히 웃음기가 가득했다.

"크억."

입을 틀어막고 있던 손을 놓자 주석인의 입에서 짧은 비명 소리가 터져 나왔다. 그렇지만 그 소리는 잠꼬대보다도 자그마했기에 결코 바깥까지 새어 나가진 않았을 것이다.

거의 전신이 마비된 상황.

그런 상황에서 목에 단도까지 틀어박혔다.

그런데 아직까지 주석인은 숨이 붙어 있었다.

그 이유는 간단했다.

신도율이 일부러 죽이지 않았으니까.

마음만 먹었다면 편히 보내 줄 수도 있었다. 그렇지만 신도율은 주석인에게 그런 일말의 자비조차도 베풀지 않았다.

쏟아져 나오는 피, 그리고 양팔을 무릎으로 누르고 있던 신도율이 자리에서 일어나자 더는 몸을 지탱하지 못하고 주석인은 바닥으로 쓰러졌다.

쿵.

소리와 함께 바닥에 널브러진 그의 몸이 움찔움찔거렸

다.

쏟아져 나온 자신의 피 속에서 허우적거리듯 떨고 있는 주석인을 내려다보던 신도율이 그의 등을 발로 지그시 밟으며 말했다.

"이제 그만 쉬어. 그래도 가는 길이 외롭지는 않을 거야. 먼저 간 네 큰아들이 그곳에서 기다리고 있을 테니까."

웃으며 말하는 신도율의 그 한마디에 쓰러져 있는 주석인의 눈이 부릅떠졌다.

지금 저 말의 의미를 알아 버린 탓이다.

큰아들 주원호, 그 아이 또한 이미 이 세상 사람이 아니라는 소리다.

처음 느꼈던 옅은 피 냄새, 그 피가 다른 이도 아닌 아들 주원호의 것이었다니……

구토가 밀려들었다.

"우웩."

피와 함께 속에 있는 것들을 게워 내는 주석인의 안색이 점점 하얗게 변해 갔다.

살아야 했다.

이렇게 우스운 꼴로 죽고 싶지는 않았다.

마비되어 가는 몸을 억지로 이끌고 어떻게든 살기 위해 집무실의 문 쪽을 향해 기어갔다.

칠대천 중 하나의 수장인 주석인이라고는 믿어지지 않는 꼴불견인 상황.

그렇지만 그 또한 알고 있었다.

도망치지 못할 거라는 걸. 또한 살지도 못할 거라는 것도.

주석인은 그저 알면서도 포기할 수 없었던 것뿐이다.

어떻게든 수하들에게 자신이 이리된 걸 알리기라도 한다면…….

죽어 가면서도 어떻게든 살기 위해 문 쪽으로 기어가는 주석인, 그런 그를 내려다보며 신도율은 그저 웃고만 있었다.

마치 이런 모든 광경들이 재밌기라도 하다는 듯이 말이다.

마비되어 가는 몸으로도 억지로 문 근처에 도착한 주석인이 덜덜 떨리는 손을 들어 올릴 때였다. 옆에 와서 그 모습을 구경하고 있던 신도율이 힘없이 나아가는 주석인의 팔을 발로 지그시 짓밟았다.

그러고는 불을 끌 때처럼 팔을 바닥에 대고 마구 짓이기듯 비벼 댔다.

"어, 어억."

고통에 찬 신음 소리가 모깃소리처럼 윙윙거린다.

그런 그를 향해 신도율이 비웃음을 머금고 나지막이 속삭였다.

"그러게 조금 덜 나대지 그랬어. 그러면 최소한 얼마는 더 살았을 거 아냐."

조롱과 함께 팔을 밟고 있던 발에 신도율이 더 힘을 실었다.

어떻게든 빠져나오기 위해 마비된 몸으로도 조금이나마 움직여 보려 애썼지만, 그건 그저 의미 없는 몸부림에 불과했다.

천천히, 그렇지만 조금씩 굳어지기 시작한 주석인의 손이 결국 그 미세한 움직임마저도 잃고야 말았다.

투욱.

마지막으로 크게 들어 올렸던 검지가 떨어지는 것을 신호로, 한 시대를 풍미했던 인물인 혈뢰주가의 가주 주석인은 유명을 달리했다.

죽어 버린 주석인의 코에 손을 가져다 대서 마지막 숨을 확인한 신도율이 굽혔던 허리를 천천히 폈다.

그가 자신의 손에 묻은 피를 가볍게 털어 내며 나지막이 입을 열었다.

"자, 그럼…… 혈뢰주가의 새로운 주인을 만나러 가 볼까."

＊　　　＊　　　＊

자신의 거처에 자리하고 있는 주자악은 미간을 찡그리고
있었다.

그는 한 손으로 미간을 꾹꾹 누르며 연신 짜증스러운 표
정을 지어 보였다.

요즘 들어 더욱이나 자주 찾아오기 시작한 미약한 두통.

그리고 두통보다 더욱 참기 힘든 이 정체 모를 짜증이 주
자악의 신경을 예민하게 만들었다.

물론 그 이유에 대해 신도율에게 이미 전해 들은 주자악
이다.

그에게서 건네받은 귀령공의 내공심법인 심마환혈공을
익히며 따라오는 작은 부작용.

그렇기에 주자악은 그 증상을 그리 크게 걱정하지 않았
다.

짜증이 다소 난다고는 하지만 일취월장이라는 말이 부족
할 만큼 늘어나는 막대한 내공 앞에서는 그 정도의 부작용
은 전혀 문제 될 것이 없었다.

그렇게 주자악이 치솟는 화를 꾹꾹 내리누르고 있을 때
평범한 옷차림의 노인 하나가 다과상을 들고 모습을 드러

냈다.

노인이 주자악이 앉아 있는 탁자 쪽으로 다가오며 말했다.

"도련님, 준비하라 명하신 차를……."

탁자 위에 다과상을 올리려던 노인이 팔꿈치로 그의 손등을 치는 실수를 범했다.

그저 가볍게 툭 치는 정도였지만 그것만으로도 주자악이 폭발했다.

짜악!

주자악의 손바닥이 다과상을 들고 온 노인의 뺨을 후려쳤다.

무공조차 모르는 하인 신분의 노인은 주자악의 손바닥에 맞자 그대로 바닥에 털썩 주저앉고야 말았다.

입 안에서 피가 터져 나왔는지 하얀 턱수염이 빨갛게 물들었다.

그리고 머리가 핑핑 도는지 정신을 못 차리고 거의 널브러지듯 바닥에 축 처져 있었다.

그렇지만 주자악의 화는 거기서 풀리지 않았다.

주자악은 바닥에 주저앉아 있는 노인을 발로 마구 짓밟고 차기 시작했다.

퍽퍽!

그가 새빨개진 얼굴로 연신 소리쳤다.

"이 망할 영감탱이가! 가뜩이나 짜증 나는데 감히 날 건드려?"

씩씩거리며 죽일 듯이 노인을 발로 차던 주자악이 이내 주변을 두리번거렸다.

그런 주자악의 시선에 잡힌 것은 다름 아닌 커다란 벼루였다.

주자악은 곧바로 그 벼루를 한 손으로 번쩍 치켜들었다.

돌로 된 커다란 벼루는 사람을 죽이기 충분해 보였다.

겨우 자신의 몸에 가볍게 닿았다는 이유만으로도 화를 폭발시키던 주자악의 손이 막 바닥에 쓰러져 혼절해 있는 노인의 머리통을 향해 떨어져 내리려는 때였다.

타앗!

누군가 황급히 달려와 주자악의 손목을 움켜잡았다. 당연히 주자악의 화가 더욱 커졌다.

"감히 어떤 새끼가 내가 하려는 걸 막으려고……!"

"그만하시지요."

무덤덤하니 말을 내뱉은 자.

그자의 정체는 바로 신도율이었다.

상대가 신도율이라는 걸 확인하자 그제야 주자악은 애써 숨을 고르고는 손에 쥐고 있던 벼루를 반대편으로 휙 던졌다.

타앙.

벼루가 바닥에 떨어져 내렸고, 주자악은 순간적으로 폭발하며 날뛴 바람에 엉망이 된 옷매무새를 어루만졌다.

"이 밤에 무슨 일이야?"

"급한 일이 있어서 찾아왔습니다."

"급한 일? 그게 뭔지 몰라도 저 망할 노인 때려죽이는 거 하나 못 기다릴 정도인가?"

주자악의 말투에는 가시가 돋쳐 있었다.

신도율이 말리는 바람에 참긴 했지만 여전히 화가 풀리지 않은 탓이다. 자신이 생각해도 겨우 이 정도로 뭐 이리 화를 내나 싶다가도, 도리어 그런 자신의 생각에 반발이라도 하는 듯이 더욱 폭력적인 행동을 일삼았다.

자신의 행동은 전혀 이상하지 않다는 걸 스스로가 증명이라도 하려는 듯이 말이다.

그런 주자악의 불만스러운 말에 신도율이 짧게 말했다.

"네, 지금 저자를 죽여선 안 됩니다."

"왜? 저놈이 뭐라도 돼?"

기가 차다는 듯 물어 오는 주자악에게 신도율의 전음이 날아들었다.

『가주님과, 큰 도련님이 죽었습니다.』

비웃듯이 웃고 있던 주자악의 표정이 전음을 듣는 순간 갑자기 굳었다.

『……갑자기 그게 무슨 소리야? 아버지랑 형님이 왜?』

『살해를 당하신 것 같습니다.』

　둘을 죽인 것은 신도율 본인이었지만 자신은 전혀 상관없다는 듯이 태연하게 말을 꺼냈다. 그리고 그런 신도율이 가지고 온 충격적인 사실에 주자악은 화가 난 듯 다급히 물었다.

『살해? 대체 누가 아버지와 형님을!』

『누군지는 아직 알아내지 못한 것 같습니다. 사실 아직 이 일도 외부로는 전혀 발설되지 않았습니다. 가주님의 옆에 심어 둔 제 사람에게서 방금 막 날아온 정보입니다. 아마 한 시진 이내에 이 사실이 드러나겠지요. 아직까지는 제가 바깥으로 알리지 말라고 명해 두었습니다. 아직 보지 못한 것처럼 말입니다.』

『뭐하는 거야? 아버님과 형님이 죽은 걸 빨리 바깥에도 알려서 당장 범인을 잡아야 할 거 아냐! 그런데 시간을 끌면…….』

　격하게 반응하는 주자악을 향해 신도율이 표정을 찡그리며 물었다.

『진심이십니까?』

『무슨 말을 하려는 건데?』

『지금 가주님이 죽은 사실이 알려지면 과연 어떻게 될까요? 더군다나 후계자로 손꼽히시던 큰 도련님도 돌아가셨습니다.』

『……그래서?』

『이 사실이 밝혀지는 순간 혈뢰주가 내에서 권력이 있는 혈육들은 그 자리에 욕심을 낼 겁니다.』

그제야 주자악은 신도율이 하고자 하는 말을 알 수 있었다. 둘이 죽었다는 사실이 지금 알려진다면 가주 자리에 욕심이 있던 몇몇 친척들이 움직일 거라는 소리다.

그렇게 된다면 지금의 주자악으로서는 어찌 그들과 대적한단 말인가.

지금 신도율은 묻고 있는 것이다.

공석이 되어 버린 가주의 자리. 그냥 그렇게 다른 이들에게 양보할 생각이냐고.

침묵하고 있는 주자악을 보며 신도율은 그가 지금 어떤 생각을 하고 있는지 알 수 있었다. 신도율이 쐐기를 박듯 전음을 이어 갔다.

『아버님과 형님이 돌아가신 일은 저 또한 가슴 아프지만 지금은 미래를 생각해야 할 때입니다. 두 분을 죽인 범인을 찾는 것은 그 후에도 늦지 않습니다.』

『……네 말이 옳다.』

범인을 찾는 건 추후로 미뤄야 한다.

지금 최우선시해야 할 건 다음 가주의 자리에 자신이 오르는 일이다.

고개를 끄덕이며 대답하는 주자악을 바라보던 신도율의 시선이 방 한쪽에 널브러져 있는 노인에게로 향했다.

사실 신도율 또한 저 노인이 어찌 되든 상관없었다.

다만 상황이 상황이니만큼 조심하자는 것뿐이다.

신도율이 전음을 이어 나갔다.

『도련님은 지금부터 혈뢰주가의 모든 내부인들을 휘하로 끌어들여야 합니다. 그런 지금 도련님이 하찮은 하인이라 할지라도 때려죽인 일이 알려진다면 어떻겠습니까? 아무리 화가 나셔도 참으셔야 합니다. 당장에 흠 잡힐 일은 피하셔야 하니까요.』

『고맙군. 네 덕분에 눈이 뜨였어. 역시 넌 대단한 놈이야.』

『별말씀을요.』

주자악의 칭찬에 유일하게 드러난 신도율의 입꼬리가 올라갔다.

그런 그를 향해 주자악이 물었다.

『그럼 지금부터 내가 뭘 해야 할까?』

『아무것도 안 하셔도 됩니다.』

『뭐?』

신도율의 대답에 주자악이 놀란 표정으로 되물었다.

중요한 시기다.

한 시진, 아니 일각의 차이로 가주직에 자신이 오를 수 있느냐 마느냐가 판가름 날지도 모르는 시간과의 싸움.

그런 시기에 아무것도 하지 말라니?

이해가 안 간다는 듯 물어 오는 주자악을 향해 신도율이 전음이 아닌 입으로 자신의 뜻을 전했다.

"제가 모두 준비해 두지요. 둘째 도련님은…… 그냥 제가 만들어 둔 자리에 오르시기만 하면 됩니다."

말을 하는 신도율의 입가에 맺힌 자신만만한 미소.

그 미소를 본 주자악이 크게 고개를 끄덕였다.

"그대만 믿지."

주자악의 거처에서 나온 신도율은 빠르게 움직였다.

죽어 버린 혈뢰주가 가주 주석인의 직계 자식은 주자악 뿐이었지만, 그는 나이가 어렸다. 그 탓에 주씨 성을 지닌 자들 중 가주 자리에 오를 가능성이 있는 이들이 몇몇 존재했다.

그렇기에 신도율은 먼저 혈뢰주가 내부에 남아 있는 가

주파의 인물들을 재빠르게 하나로 규합시켰다. 그들이 다른 이들의 아래로 들어가기 전에 먼저 손을 쓴 것이다.

다른 이라면 어려웠을지도 모르지만 신도율은 가주 휘하에 있던 이들을 빠르게 휘어잡을 수 있었다.

오랜 시간 혈뢰주가에 몸담으면서 준비시켜 두었던 간자들과 이미 세가 내부에 공공연하게 퍼져 있는 신도율의 권력 자체가 워낙 큰 탓이다.

고작 한 시진, 그 정도밖에 안 되는 시간 안에 신도율은 혈뢰주가 가주의 세력들을 하나로 모았다. 그리고 그의 준비는 그게 끝이 아니었다.

다음 가주직에 가장 위협이 될 수 있는 일가친척 두 명.

주석인이 죽은 게 아직 알려지지 않은 지금 그의 인장을 이용해 그 둘을 혈뢰주가로 불러냈다.

주석인이 죽었다는 사실을 알 길이 없던 그들로서는 전혀 의심하지 않고 수하 한두 명만을 대동한 채로 혈뢰주가로 왔고, 곧바로 그들은 신도율이 준비해 두었던 이들로 인해 감금되고야 말았다.

혈뢰주가 내부에 있는 감옥에 잡혀 들어온 두 명의 중년인들이 신도율을 보고는 버럭 소리쳤다.

"신도율! 이것이 감히 무슨 짓이냐!"

"이런 짓을 하고도 무사할 성싶더냐?"

분을 토해 내는 두 명을 향해 신도율이 포권을 취하며 짧게 말했다.

"해를 끼칠 생각은 없습니다. 그냥 며칠만 조용히 계셔 주시면 됩니다. 그 이후엔 털끝 하나 다치지 않으시고 그대로 돌아가실 수 있으십니다."

"대체 이러는 연유가 무엇인가? 내 언제 그대에게 섭섭하게 했던 적이라도 있는가!"

한 명이 억울하다는 듯 소리쳤다.

혈뢰주가 내에서 신도율이 가진 힘은 보통이 아니다.

당연히 이 둘 또한 그와 내심 친하게 지내 오려 애쓰던 사이였다.

가주의 최측근. 그가 가장 믿는 사내.

그게 바로 신도율이 아니던가.

신도율은 사내의 질문에 어깨를 가볍게 으쓱하며 말했다.

"별거 아닙니다. 그저 혈뢰주가가 시끄러워지는 걸 원치 않아서요."

"그게 무슨……."

"자세한 이야기는 나중에 나오셔서 들으시면 됩니다. 그러니 불편하시더라도 그 며칠 동안만 이곳에서 지내시면 됩니다."

말을 마친 신도율은 무엇인가를 더 물어 오는 두 사람을 감옥 안에 둔 채로 몸을 돌려 걸어 나왔다.

신도율은 자신의 손바닥 위에서 놀아나듯 진행되어져 가는 일련의 일들을 계산하며 피식 웃음을 흘렸다.

'너무도 간단하군그래.'

일은 수월하게 진행될 수밖에 없었다.

이 둘만 제압한 이상 큰 싸움은 벌어지지 않을 것이다.

이토록 피 흘리지 않고 일을 진행할 수 있었던 이유 중 하나는 바로 혈뢰주가의 고위층들이 지니고 있던 개인 무력 부대들이 혁련휘의 명으로 모두 마교에 귀속된 탓이다.

혈뢰주가뿐만이 아니라 칠대천 대부분의 힘이 약해진 지금이다.

덕분에 싸움을 하려고 해도 움직일 수 있는 무인들이 그리 많지 않다. 그런 지금 그나마 다음 가주직에 대한 명분이 있는 둘만 제압한다면…… 시끄러운 일은 벌어질 수 없다.

그나마 남아 있는 무인들이라고는 대부분이 가주 휘하에 속해 있었으니까.

칠대천의 힘을 약화시킨 혁련휘의 계책이 오히려 지금은 신도율의 작전에 유리하게 작용하는 상황이었다.

이렇게 모든 준비가 끝났다.

혈뢰주가 가주 주석인이 죽은 시각부터 해서 지금까지.

반나절도 채 걸리지 않는 시간.

그 짧은 시간 안에…… 신도율은 혈뢰주가를 손에 쥘 수 있었다.

어차피 주자악은 신도율에게 꼭두각시 같은 존재에 불과했으니까.

오랜 시간 혈뢰주가에 몸담으며 준비해 왔던 일련의 모든 계획들이 하나둘씩 천천히 진행되기 시작했다.

*　　*　　*

주석인의 죽음이 알려진 건 정확하게 그가 죽은 지 한나절 정도가 지난 후였다.

주석인이 죽었다는 사실이 알려지며 마교 내부는 발칵 뒤집혔다.

칠대천 중 하나이자 묵룡천가가 무너진 지금 가장 큰 힘을 지녔던 것이 그나마 혈뢰주가가 아니던가.

그런 곳의 수장이 그냥 죽은 것도 아닌 암살이란다.

마교 내부에서 혈뢰주가의 수장과, 그의 후계자마저 죽는 사건이 벌어졌다.

이는 실로 가벼이 넘길 수 없는 일이다.

그리고 그의 죽음에 대한 이야기는 자연스레 교주전에 웅크리고 있던 혁무조에게도 들어갔다. 호위 무사 무명이 가져온 소식을 전해 들은 그는 잠시 말문이 막힌 듯 침묵하다 이내 작게 중얼거렸다.

"……그도 갔구나."

중얼거리는 혁무조의 표정에는 여러 가지 감정이 뒤섞였다.

분명 유쾌한 사이는 아니었다.

그렇지만 주석인은 자신과 동시대를 함께 살아왔던 자다.

천위극에 이어 주석인…… 같은 시대에 활약했던 노고수들이 이제 하나둘씩 사라져 간다.

과연 그다음 차례는 누가 될까?

자리에서 일어난 혁무조가 근처에 있는 의자를 손으로 짚었다.

'다음은 내 차례가 될지도 모르지.'

천위극과 주석인. 둘 모두 정체를 모를 자에 의해 죽음을 맞이했다.

그리고 이번 일의 배후에 혁련휘가 그토록 뒤쫓고 있는 그들이라는 존재가 있을 거라 혁무조는 확신했다.

세상은 변해 가고, 시간은 흐른다.

무림에 이름을 떨쳤던 수많은 고수들이 늙어서 죽거나, 칼에 맞아 죽고 또 그 빈자리를 새로이 이름을 알리기 시작한 신진 고수들이 자리한다.

쓸쓸한 건 사실이지만 이런 현실을 부정하고 싶진 않다.

이것이 순리니까.

혁무조는 움켜쥔 의자를 가볍게 손가락으로 어루만졌다.

딱딱하고 차가운 의자의 감촉처럼 세월의 흐름이라는 것이 현실로 다가오는 느낌이다.

혁무조가 쓸쓸하니 웃음을 흘렸다.

'후후, 이제 나의 시대가 끝나 가는구나.'

허나 걱정은 없다.

새로운 시대를 살아갈 훌륭한 젊은 무인들이 결국 자신을 대신할 테니까.

그리고 그 안에는 자신의 아들, 혁련휘 또한 자리하고 있었다.

'네 녀석이 있으니 걱정하지 않아도 되겠지.'

대견스러운 아들, 제대로 한 번 따뜻하게 안아 주지도 못했지만 언제나 혁련휘는 혁무조의 자랑이었다.

끝나 가는 자신의 시대를 느끼면서도 혁무조는 일말의 아쉬움도, 후회도 없었다.

이제 남은 것은 단 하나.

새로운 시대를 위해…… 그들이 성장할 수 있게 도와줄 밑거름이 되어 주는 것이다.

　혁무조가 탁자 위에 올려 있는 찻잔을 말없이 들어 올렸다. 이제는 식어 버린 찻잔을 들어 올린 그가 그 안에 든 차를 입가에 가져다 대며 나지막이 중얼거렸다.

　"새로운 시대를 위하여."

2장. 가주 승계

— 못 갈 이유가 없지 않은가

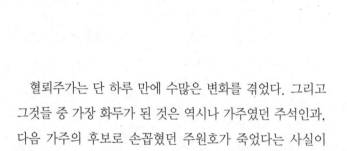

혈뢰주가는 단 하루 만에 수많은 변화를 겪었다. 그리고 그것들 중 가장 화두가 된 것은 역시나 가주였던 주석인과, 다음 가주의 후보로 손꼽혔던 주원호가 죽었다는 사실이다.

갑작스러운 암살로 인해 최후를 맞은 두 사람, 그리고 비어 버린 가주의 자리에 오른 것은 신도율을 등에 업은 주자악이었다.

나이가 어리기도 했고 주원호의 그늘에 가려져 단 한 번도 가주 후보로 여겨지지 않았던 그다. 그러던 주자악이 갑자기 가주 자리에 오르자 외부에서는 큰 논란거리가 된 것도 사실이다.

허나 그렇다고 해서 주자악이 가주가 된 것에 반대하는 건 아니었다.

사실 따지고 보면 그 둘이 죽은 지금 가장 가주직에 오를 명분이 있는 인물이 주자악이었으니까. 다만 그에게 부족했던 건 세력이었다.

그 세력이 되어준 것이 신도율.

신도율이 부족한 주자악의 한 부분을 채워 주니 그 문제 또한 말끔히 사라져 버린 셈이다.

더군다나 갑자기 벌어진 충격적인 암살에 혈뢰주가 내부는 분노로 크게 들끓었다.

혈뢰주가는 마교에서 손꼽히는 명문가다.

그런 가문의 수장이 정체 모를 누군가에게 죽었다는 건 그들로서는 쉬이 넘어갈 수 없을 정도로 모욕적인 일이었다.

그리고 그런 상황은 주자악에게 힘이 되어 줬다.

유일하게 남은 아들.

사람들은 하루아침에 아버지와 형을 잃은 그의 분노가 가장 클 거라 여겼고, 주자악 또한 그런 분위기를 이용해 반드시 범인을 잡겠다고 나서서 울부짖었다.

그런 주자악의 태도 또한 시기와 절묘하게 맞아떨어지며

그에게 힘을 실어주는 데 큰 도움이 되어 줬다.

거기에 방해가 될 수 있는 정적들은 이미 신도율이 잡아서 가둬 둔 상태.

누구도 주자악이 가주의 자리에 오르는 걸 크게 반발치 않았다.

오히려 많은 이들이 지금 이런 상황에 더욱 자신들을 견고히 모이게 하고 단합하기 위해 빠른 가주 선출을 원했다.

신도율의 도움으로 순식간에 혈뢰주가 내부를 장악한 주자악이 가주직에 오르는 건 명분과 실리, 그리고 시기가 맞아떨어지며 너무도 쉽게 이루어졌다.

밤 동안 이루어진 혈뢰주가의 대사건을 전해 들은 혁련휘의 표정은 무덤덤했다.

"어휴, 그 싹수없는 놈이 가주 자리까지 오르다니. 아주 말세네 말세야."

옆에서 이야기를 전해 듣던 부의민이 놀란 감정과 불편한 속내가 뒤섞인 얼굴로 고개를 저었다.

환영학관에 있을 때부터 그리 마음에 들어 하지 않던 놈이다.

그러던 놈이 이곳으로 돌아오더니 어느새 혈뢰주가의 가주 자리에 앉았다.

불만스레 말하는 부의민을 향해 환야가 물었다.

"넌 주자악인지 뭔지 하는 그놈 왜 그렇게 싫어하는데? 뭐 당한 거라도 있어?"

"딱히 그런 건 없고. 그냥 마교에서 스치듯 본 적 있는데 날 보고 그냥 무시하더라니까? 학관에서 자기를 가르치던 교관 중 하나였는데 말이야. 자식이 한때 스승을 그렇게 본 체만체하는 게 말이나 되냐? 응? 하여튼 학관에 있을 때부터 영 별로더라니."

"그러니까 한마디로 그냥 널 무시해서 싫다 이 말 아냐."

"뭐…… 따지고 보면 그렇지."

자기를 보고 인사 안 했다며 뒤끝 있게 구는 부의민을 보며 환야는 기가 차다는 듯한 표정을 지어 보였다.

그런 환야의 시선을 받으며 부의민이 내심 각오를 다졌다.

"어디 다음에 만났을 때도 날 못 본 척하나 두고 봐야지. 이제 그때의 내가 아니라 이 말씀이야. 이래 봬도 내가 군룡회의 회주거든. 하핫!"

다시금 은근히 자랑을 시작하는 부의민을 보며 환야가 혀를 찼다.

"쯧쯧, 저리도 감투 좋아하면서 그동안은 어찌 참았는지 원."

말은 그렇게 하고 있었지만 환야는 좋다는 듯 웃는 부의민을 보며 자신도 모르게 미소를 머금고 있었다.

부의민이 저렇게 자꾸 자랑할 정도로 좋아하고 있다는 걸 뜻했으니까.

그렇게 호탕하게 웃고 있는 부의민을 보며 환야가 놀리듯 말했다.

"너무 좋아하지 마. 그래도 넌 우리 중에 서열 꼴찌거든."

"뭐? 내가 왜 꼴찌야? 넌 뭔데?"

"글쎄…… 딱히 뭐 정해진 건 없지만 엄밀히 따지면 난 우호법, 달치는 좌호법 정도 아닐까? 그리고 비설은 뭐, 말 안 해도 알 테고."

자신의 이름이 언급되자 혁련휘와 마주 앉은 채로 그저 웃고만 있던 비설이 고개를 돌리며 물었다.

"저도 뭐가 있어요?"

"몰랐어? 네가 우리 중에 서열 일 위야."

"엥? 제가요?"

환야의 말에 비설이 궁금하다는 듯 자신을 가리키며 물었다.

그런 그녀와 그 앞에 마주하고 있는 혁련휘를 번갈아 바라보던 환야가 짓궂은 표정을 지은 채로 대답했다.

"당연하지. 우리 대장의 부인이 될 사람이잖아."

"하, 하하! 부인이라뇨. 그건 좀 빠른 것 같은데요."

부인이라는 말에 쑥스러운지 비설이 괜스레 얼굴을 붉히고는 손으로 목 언저리를 어루만졌다.

"왜? 싫어?"

"아뇨, 그게 싫다기보다는……."

비설이 자신의 맞은편에 앉아 있는 혁련휘를 슬그머니 바라봤다.

여태까지 뭔가를 생각하는 듯이 턱을 괴고 있던 혁련휘가 어느샌가 자신을 주목하고 있다.

혁련휘와 환야, 부의민 세 사람에게서 쏟아지는 시선이 너무나 어색했는지 비설은 어쩔 줄 몰라 하고 있을 때였다.

그런 그녀의 모습이 재미가 있었는지 환야가 말을 이었다.

"와, 설마 그럼 우리 대장 가지고 논 거야?"

"그렇게 안 봤는데 비설 저거 보통내기가 아니네."

죽을 맞추며 환야와 부의민이 비설을 놀려 댔다.

그리고 아무 말 없이 다시금 시선을 돌리는 혁련휘를 보자 다급해진 비설이 자신도 모르게 목소리를 높이며 소리쳤다.

"싫다고 한 적 없거든요!"

"오오."

환야와 부의민이 입을 맞추기라도 한 것처럼 동시에 탄

성을 내질렀다.

그런 둘의 모습에 그제야 비설은 자신이 무슨 행동을 했는지 깨닫고는 더는 붉어질 수 없을 것 같은 얼굴로 고개를 푹 수그렸다.

그녀가 부끄러운 듯 고개도 못 들고 있자 여태까지 가만히 있던 혁련휘가 한마디 꺼냈다.

"그만들 놀려."

"네, 대장."

뭔가 의미심장한 표정으로 대답을 마친 환야가 갑자기 자리에서 벌떡 일어났다. 그러고는 옆에 가만히 앉아 있는 달치와 부의민의 옆구리를 쿡쿡 찌르고는 짧게 말했다.

"다들 나가자."

그런 환야의 말에 꾸벅꾸벅 졸고 있던 달치가 졸린 눈을 비비며 말했다.

"달치는 이 방이 더 좋다. 여기 있고 싶다."

"어서 나오라니까."

"달치 환야 부하 아니다. 달치는……."

"먹을 거 사 놨는데?"

환야의 그 말이 떨어지기 무섭게 달치가 자리를 박차고 일어났다.

그러고는 채 뭐라 하기도 전에 먼저 방을 빠져나가고 있었다.

그렇게 나가고 있는 달치의 뒤를 쫓으며 환야가 은근한 시선을 부의민에게 건넸다. 그러자 부의민 또한 별다른 말 없이 재빠르게 방을 빠져나갔다.

기다리고 있던 환야가 부의민까지 방을 나오자 조용히 문을 닫았다.

탁.

문이 닫히자 방 안에는 어색한 침묵만이 감돌았다.

혁련휘도 별다른 말을 하지 않았고, 비설은 방금 전의 대화가 여전히 쑥스러운지 쉽사리 입을 열지 못했다.

그렇게 침묵을 유지하고 있던 중 비설이 이런 분위기를 바꿔야겠다 생각했는지 자리에서 벌떡 일어났다.

아직도 붉어진 얼굴 때문인지 전신에 열이 확확 오르는 기분이다.

비설이 혁련휘의 뒤편에 있는 창문을 향해 다가가며 억지로 말을 꺼냈다.

"아, 날이 풀리려고 해서 그런가 벌써부터 좀 덥죠? 문 좀 열어야겠네요."

막 혁련휘의 옆을 스쳐 지나가려는 그때 가만히 앉아 종이를 내려다보고 있던 그가 슬그머니 손을 내밀어 그녀의 손목을 감싸 안았다.

갑작스러운 혁련휘의 손길에 비설은 여전히 빨개진 얼굴로 그를 응시했다.

그런 그녀를 올려다보던 혁련휘가 입을 열었다.

"아까 그 말은 뭐야?"

너무나 직설적인 질문에 비설이 당황한 듯 더듬거렸다.

"혀, 형님까지 놀리실 거예요?"

"난 놀리는 거 아닌데."

혁련휘의 대답에 비설이 채 말을 잇지 못하고 있는 그때였다.

혁련휘가 비설의 팔목을 잡고 있는 손을 슬며시 당겨 자신의 무릎 쪽으로 잡아당겼다. 얼떨결에 혁련휘의 무릎에 앉게 된 비설이 놀란 얼굴로 고개를 치켜들었다.

도망치지 못하게 하려는 듯이 손목을 잡은 손으로 그녀를 감싸듯 안은 혁련휘가 두 눈을 똑바로 바라보며 물었다.

"궁금해서 그래. 나랑 혼인할 생각이 없다는 게 진짜야 아니면 싫지 않다는 게 진짜야?"

무릎에 앉힌 채로 빤히 바라보며 물어 오는 혁련휘의 질문에 비설은 슬그머니 시선을 돌려 바닥을 바라봤다.

비설이 쑥스럽다는 듯 살짝 미소를 머금은 채로 작게 중얼거렸다.

"에이, 다 아시면서 왜 그러세요. 형님."

"뭘?"

마치 대답을 듣고 싶다는 듯 다시금 물어 오는 혁련휘의 말에 비설이 고개를 치켜들어 가까이에 있는 그의 볼에 가볍게 입을 맞췄다.

혁련휘는 갑작스럽게 비설의 입술이 와 닿았던 볼을 손바닥으로 어루만졌고, 그런 그를 향해 비설이 작지만 흔들림 없는 목소리로 말을 받았다.

"형님 놓칠 생각 없어요. 눈곱만큼도요."

볼에 기습 입맞춤을 하고는 활짝 웃는 비설을 바라보던 혁련휘가 말없이 그녀를 확 끌어당겨 안았다.

그러고는 비설의 귓가에 자그마한 목소리로 속삭였다.

"후자라…… 대답을 들어 버리니 오래는 못 기다릴 것 같은데."

혁련휘의 말에 비설은 다시금 픽 웃음을 흘렸다.

* * *

저녁 식사를 마친 술시(戌時) 무렵. 집마전으로 수많은 마교의 인물들이 속속들이 모이기 시작했다.

오늘 이들이 모인 이유는 며칠 전 있었던 혈뢰주가의 일 때문이었다.

다른 곳도 아닌 마교 내부에서 혈뢰주가 가주와 그의 큰 아들이 살해되는 일이 벌어졌다.

이건 그저 혈뢰주가만의 문제로 치부하기에는 너무도 큰 문제였다.

당연히 이 일로 인해 회의가 소집됐고, 그 일을 주관하기 위해 혁련휘 또한 집마전으로 들어서고 있었다.

혁련휘의 뒤편으로는 환야를 제외한 나머지 인원들 모두가 쫓았다.

유일하게 환야만이 혁련휘를 뒤쫓지 않은 이유는 비파월의 급작스러운 연락을 받고 잠시 자리를 비운 탓이다.

혁련휘 일행이 집마전에 들어서자 그들을 향한 다른 이들의 시선이 날카롭게 변했다.

그도 그럴 것이 혁련휘가 일행들 모두를 대동하고 온 탓이다.

다른 이들도 눈에 거슬리긴 했지만 역시나 가장 큰 문제는 비설이었다.

마교 내부의 회의에 그녀를 데리고 온 사실이 못내 탐탁지 않은 모양이다.

혈뢰주가의 일과 교주 혁무조가 자신의 자리를 혁련휘에게 양도한다는 선포로 인해 그의 혼인 문제는 지금 쏙 들어간 상태다.

물론 언젠가 다시금 이 일이 화두로 떠오르긴 하겠지만 적어도 그게 지금은 아니었다.

주변의 쏟아지는 시선을 느낀 비설이 슬그머니 옆에 있는 혁련휘에게 속삭였다.

"형님. 저는 안 오는 게 낫지 않았을까요?"

비설의 질문에 혁련휘가 작게 고개를 저었다.

정사대전이 있기 전이라면 말도 안 되는 일이었던 것이 사실이다.

그렇지만 지금도 그럴까?

이미 마교 내부에는 많은 정파의 무인들도 존재한다.

정식으로 절차를 통해 마교에서 살아가고 있는 정파의 무인들.

그리고 그런 그들 또한 종종 마교의 공식적인 회의에 참석하곤 했다.

누군가를 대신하거나, 아니면 또 자신이 따르는 자와 함께하거나 하는 식으로 말이다.

비밀회의거나 수뇌부만의 회의도 아닌 자리였기에 혁련휘는 비설을 대동한 것이 전혀 문제가 아니라고 여겼다.

수천 명이 넘게 모인 자리, 이 중에 따지고 보면 정파 소속이었던 무인 또한 한둘은 아닐 것이다.

적게는 수십, 많으면 백여 명 이상은 정파 출신의 무인들이다.

상황이 이렇다 보니 정파의 무인인 비설이 온다는 건 전혀 문젯거리가 아니었다.

그런데도 불구하고 이들이 비단 비설에게만 곱지 않은 시선을 보내는 건 역시나 그녀가 자신들보다 위에 설지도 모르는 여인인 탓일 게다.

받아들이게 될지, 아닐지 아직 정확하게 판가름이 나지 않은 상황이었기에 그들에게 비설이라는 존재는 무척이나 껄끄러울 수밖에 없었다.

허나 충분히 참석할 수 있는 자리라 여긴 혁련휘는 일부러 비설을 이 자리에 데리고 왔다.

오히려 이런저런 기회를 통해 최대한 많이 비설을 노출시키며 그녀를 이들 모두에게 익숙하게끔 여기게 하려는 생각이었다.

수많은 이들의 복잡한 시선 속에 집마전에 들어선 혁련휘를 향해 무인들은 곧바로 자리에서 일어나 예를 갖추었다.

안으로 걸어가던 혁련휘의 시선이 잠시 어딘가에 머물렀다.

그곳엔…… 낯익은 사내가 있었다.

주자악, 그가 포권을 취했다가 막 고개를 들어 올리고 있었다.

혁련휘뿐만이 아니라 그의 뒤편에 있던 비설과 부의민 또한 그런 주자악과 잠시 시선을 마주했다.

주자악은 오늘 이곳에 참석한 수십 명이 넘는 혈뢰주가 무인들의 가장 선두에 자리해 있었다.

보이지도 않은 곳에 자리했던 예전과는 확연히 달라진 모습.

가주가 된 그가 눈이 마주친 셋을 향해 슬며시 미소를 지어 보였다.

자신을 바라보는 그 셋의 시선을 마주하는 순간 주자악은 왠지 모를 짜릿함을 느꼈다. 얼마 전까지는 본 척도 안 했던 혁련휘가 지금 이렇게 자신을 바라보고 있다.

혁련휘가 시선을 준다는 것, 그것 하나만으로도 주자악은 자신이 특별해졌음을 느끼고 있었다.

그리고 그 옆에 있는 낯익은 두 명.

부의민이 군룡회라는 집단의 수장이 됐다는 걸 들었다.

사실 그 사실을 전해 듣고 주자악은 기가 찼다.

고작 학관의 교관 따위에게 그런 중대한 자리를 맡기다니…… 혁련휘가 제정신이 아니라 생각했다.

부의민의 일도 충격이긴 했지만 역시나 더 놀라운 건 그 옆에 있는 여인이다.

비설, 자신 또한 사내로 알았던 자다.

수없이 많은 미녀들에게 둘러싸여 살아왔던 주자악이다. 그런 그조차도 비설을 보는 순간 놀라움을 금치 못했다.

'대단한 미인이라더니…… 놀랍군.'

사내라 여기고 몇 번이고 시비를 걸기도, 또 조롱하기도 했었다. 그런데 그 사내인 줄 알았던 자가 저토록 아름다운 미모를 지닌 여인이었다니 실로 놀라울 뿐이다.

자신이 알던 그 사내가 저토록 아름다운 여인이었다는 사실을 눈으로 확인하게 되자 속으로 헛웃음이 흘러나왔다.

빛이 나는 여인이다.

그랬기에 혁련휘의 옆에 있는 그녀는 무척이나 빛이 났다.

여인에게 큰 욕심 없이 살아왔던 자신이 가지고 싶다는 욕망이 일 정도로 말이다.

그렇게 짧은 시선을 주고받는 사이 그들의 거리는 순식간에 벌어졌다.

혁련휘의 자리가 위치해 있는 상석으로 향하는 도중 비설과 달치, 부의민은 그와 가까운 곳에 위치한 빈 곳에 가서 자리했다.

그가 상석에 앉자 마혈적가의 가주인 적인호가 기다렸다

는 듯 커다란 두루마리 하나를 들고 앞으로 걸어 나왔다.

그 두루마리 안에는 오늘 이곳에서 처리해야 할 많은 안건들이 적혀져 있었다.

상석 아래까지 다가온 적인호가 그것을 조심스레 내밀었고, 여전히 앉은 채로 혁련휘는 두루마리를 건네받았다.

혁련휘는 두루마리를 펼쳤고, 이내 안에 있는 내용들을 빠르게 확인했다.

예상했던 대로 혈뢰주가의 일들이 대부분이다.

두루마리 내부의 내용을 다 읽어 내린 혁련휘가 천천히 시선을 돌려 자신을 향한 많은 무인들을 내려다봤다.

그러던 혁련휘가 이내 한 곳에 자리하고 있는 주자악을 향해 입을 열었다.

"혈뢰주가의 새로운 가주는 앞으로 나오라."

혁련휘의 말에 기다렸다는 듯 주자악이 앞으로 걸어 나와 혁련휘의 앞쪽에 와서 섰다. 거리는 제법 멀었지만 마주 서게 된 두 사람.

주자악이 맞은편 상석에 위치한 혁련휘를 보며 의미심장한 표정을 지어 보였다.

'마침내 이곳까지 왔구나.'

호랑이가 되고자 했다. 때를 기다리다 결국 혈뢰주가의 가주가 되고자 했던 꿈이 이렇게 이루어진 것이다. 물론 예상치 못한 일들이 벌어지긴 했지만 말이다.

그리고 혈뢰주가의 가주가 된 지금, 주자악은 또 다른 꿈을 꾸고 있었다.

이곳에서부터 혁련휘가 있는 상석까지의 거리는 고작해야 서른 걸음 정도. 이 서른 걸음을 더 나아가고 싶었다.

그리고 그 끝에 위치한 곳.

바로 마교 교주의 자리!

그 자리가 탐이 나기 시작했다.

혁련휘가 위치한 상석을 바라보며 주자악은 속으로 되뇌었다.

'이곳까지 왔거늘 저 자리라고 못 갈 이유는 없지 않은가. 그러니 기다리거라, 혁련휘. 그 자리까지…… 내가 다가갈 테니.'

교주 자리에 대한 욕심이 가득한 속내를 감춘 채로 주자악은 포권을 취하며 우렁차게 소리쳤다.

"혈뢰주가의 새로운 가주 주자악, 마교 대공자님께 첫인사 올리옵니다!"

포권을 취하며 고개를 숙이는 주자악을 혁련휘는 말없이 내려다보고 있었다.

사실 주자악이 다음 가주가 된 사실이 혁련휘는 그리 좋지 않았다.

환영학관에서 이미 주자악이라는 인물에 대한 성정을 모두 보아 왔기 때문이다.

자신보다 힘이 없는 이는 무시하고, 짓밟으려고만 하는 성격.

무조건 자신이 다른 누군가보다도 위로 올라서지 않으면 버티지 못하는 자라는 걸 혁련휘는 너무나 잘 알았다.

그렇지만 새로운 가주를 뽑는 건 그들 가문의 일.

혈뢰주가라는 가문이 주자악을 새로운 가주로 선택했다면 혁련휘 또한 그 일에 한해서는 왈가왈부할 생각이 없었다.

혁련휘가 주자악에게 물었다.

"그 날 일에 대한 단서는?"

"혈뢰주가 내부적으로 조사단을 꾸렸지만 아직까지 뭔가를 발견하지는 못했습니다."

"본 교에서도 조사에 뛰어난 능력을 지닌 이들을 파견해서 돕도록 하지."

"배려 감사합니다, 대공자님."

별다른 것을 언급하지는 않았지만 혁련휘는 이번 일의 배후에 그들이 있을 확률이 높다는 사실을 이미 인지하고 있었다.

다만 그들이라는 존재들이 마교 내부 어디까지 박혀 있

는지 모르기에 그런 자신의 생각을 감춘 것뿐이다.

조사단을 따로 파견하긴 하겠지만 그것이 전부가 아니다.

혁련휘는 따로 움직이며 그들의 뒤를 쫓을 생각이다.

어느 정도 이미 계획을 세워 놓은 상태. 그렇지만 혁련휘에겐 하나의 의문이 남아 있었다.

'어째서 혈뢰주가를 친 거지?'

몸을 사리고 있던 그들이 대놓고 살인을 저질렀다. 그런데 그 대상이 다른 이들도 아닌 칠대천 중 하나인 혈뢰주가의 가주였다.

그리고 얼마 전에 있었던 천위극의 죽음도.

연달아 두 명의 수장들이 죽었다. 이 일들이 추후에 벌어질 뭔가에 연관이 있는 것일까 아니면 입막음을 위한 살인에 불과한 걸까?

천위극은 후자일 가능성이 농후했다.

그는 뭔가를 말하려 했고, 그 순간 날아든 반룡수사라는 실에 목숨을 잃었으니까.

과연 주석인도 그와 비슷한 이유로 최후를 맞이한 걸까? 아니면 자신이 알지 못하는 어떠한 이유가 있는 건…….

머리가 복잡했지만 혁련휘는 그런 기색을 전혀 내비치지 않고 이야기를 이어 나갔다.

"다들 듣긴 했겠지만 새외와의 싸움에 보다 체계적인 움직임을 위해 월영전대, 현월대, 척살염왕대와 사천만마대 네 개를 하나의 회로 묶어 운용할 생각이다. 그 이름을 군룡회라 지었고, 그들을 이끌 자를 소개하지."

혁련휘의 시선이 아래쪽에 위치한 부의민에게로 향했다.

자연스레 자신에게 쏠리는 많은 이들의 시선을 느끼며 부의민이 어색하게 자리에서 일어났다. 부의민을 생전 처음 보는 이들이 가득했기에 그들의 눈에는 의심들이 가득했다.

허나 이건 어쩔 수 없는 시선이다.

아무것도 본 것이 없으니 믿지 못하는 건 당연한 일이라 여겼다.

그리고 이제부터 이 의심의 시선을 믿음으로 바꾸는 것이 부의민이 해야 할 일이다.

자신을 향한 많은 이들의 시선 속에서 최대한 당당하게.

부의민은 어깨를 쫙 편 채로 포권을 하고는 이내 침착하게 다시금 착석했다.

공식 석상에서 자신의 모습을 드러내는 첫 번째 날.

앞으로를 위해서라도 이 자리에서 얕보여선 아니 된다.

평소답지 않게 진중한 표정을 짓고 앉아 있는 부의민의 모습에 옆자리에 자리한 비설이 힐끔거렸다.

회의는 계속해서 이어졌다.

자잘한 일들부터 시작하여 서둘러 처리해야 할 정도의 중대한 사안들까지. 그렇게 두루마리에 적혀 있던 모든 이야기들을 끝마치자 회의 또한 끝나 가는 분위기였다.

그리고 이내 혁련휘가 회의가 끝났음을 선포하자 자리에 앉아 있던 이들은 주변에 있는 이들과 뒤엉켜 각자 뭔가 이야기들을 하기 시작했다.

비설은 회의가 길어지자 연신 졸린 표정을 짓고 있던 달치를 바라보며 자리에서 일어났다.

"저희도 슬슬 돌아가요. 달치 아저씨도 졸리신 것 같은데."

"그러자고."

동의한다는 듯 고개를 끄덕이던 부의민은 자신들에게 다가오는 인기척을 느끼고는 그쪽을 향해 힐끔 시선을 던졌다.

드리고 이내 상대를 파악한 부의민이 슬쩍 미간을 찡그렸다.

다가오는 상대가 바로 주자악이었던 탓이다.

주자악이 환한 미소를 머금으며 그들에게로 다가와 말을 걸었다.

"이야, 그리운 얼굴들이 많군요."

친근한 어조. 그렇지만 얼마 전까지만 해도 자신을 봐도 싹 무시하던 주자악이 이토록 태도를 바꾸고 다가왔다.

그 이유가 무엇인지 부의민은 잘 알았다.

아마도 자신이 군룡회의 회주가 된 탓이리라.

그때와는 달리 힘을 얻었으니 이제부터는 알고 지내기라도 하려는 걸까?

내심 속으로 가시가 돋쳤지만 부의민은 그런 감정을 철저히 배제했다.

"혈뢰주가의 가주님을 뵙겠습니다."

"딱딱하게 왜 그러십니까. 지금은 예전의 인연으로 찾아 뵌 것이니 편히 말하셔도 됩니다."

주자악이 편하게 말을 하라기가 무섭게 부의민이 기다렸다는 듯 반말을 쏟아 냈다.

"그래? 그럼 뭐 그러지. 얼마 전까지만 해도 학생이었는데 이제는 가주가 되었군그래."

"하하, 뭐 학생에서 대공자가 되신 분도 저기 계시지 않으십니까. 그리고 부 교관님도…… 아니, 이제는 부 회주님이라고 불러야겠군요. 부 회주님 또한 성공하셨군요."

"아버님과 형님 일은 참으로 안됐어. 반드시 범인을 찾아냈으면 하는군."

다른 건 몰라도 지금 이 말만큼은 진심이었다.

그런 부의민의 말에 주자악은 씁쓸한 표정으로 고개를 끄덕이며 대답했다.

"그리할 생각입니다."

대답을 내뱉은 주자악이 곧바로 화제를 돌렸다.

"그나저나 깜빡 속았습니다, 비설 소저. 그토록 긴 시간을 봐 왔는데 여인이실 거라고는 생각도 못 했습니다. 이거 제대로 뒤통수 한 방 맞은 기분이군요. 하물며 이리 아름다운 여인이실 줄이야 생각도 못 했습니다."

"아, 아하하. 감사합니다."

비설이 친근하게 다가오는 주자악의 모습에 어색한 듯이 웃음을 흘렸다. 자신을 비롯한 정파의 모든 이들을 무시하던 자다. 혁련휘의 옆에 있는 자신을 얼마나 우습게 여겼던가.

그러던 그가 이런 반응이라니.

주자악이 말했다.

"언제 시간 되시면 차라도 한잔 하시죠. 예전 일들로 죄송한 것도 있고……"

주자악이 애써 시선을 피하는 비설에게 더 말을 걸 때였다.

상석에 있던 혁련휘가 빠르게 이쪽으로 다가오며 그런 그의 말을 끊었다.

"무슨 일이지?"

말을 하며 다가온 혁련휘는 곧바로 비설과 주자악 사이에 끼어들었다. 그런 그의 모습에 주자악은 속으로 내심 불쾌했지만 겉으론 오히려 미소를 지어 보일 뿐이었다.

그가 말했다.

"반가운 얼굴들을 만나서요. 짧게 인사 나누고 있었습니다."

"알았으니 이만 가 봐. 해야 할 일이 많지 않나?"

"아, 그럼요. 잠시지만 만나서 반가웠습니다. 그럼 다들 나중에 다시 뵙지요."

말을 마친 주자악은 곧바로 혁련휘에게 포권을 취해 보이고는 종종걸음으로 자신의 일행들이 있는 쪽으로 돌아갔다.

그가 그들과 함께 집마전을 벗어나는 것까지 바라보던 부의민이 그제야 속내를 드러냈다.

"소름 돋게 왜 갑자기 친한 척이래."

중얼거리는 부의민을 옆에 둔 채로 혁련휘가 비설에게 물었다.

"괜찮아?"

"아, 별일 없었는데요 뭘."

비설은 걱정스레 물어 오는 혁련휘를 향해 밝게 미소를

지어 보였다.

별일이 아님에도 불구하고 이 사내가 자신을 걱정해 준다는 사실이 무척이나 기분이 좋다.

대화를 나누는 그들 틈에 섞여 있던 달치가 손으로 턱을 괸 채로 중얼거렸다.

"달치도 저 사람 본 적 있는 것 같다. 안 낯설다."

"기억 안 나냐? 학관에 있을 때 몇 번 봤었잖아."

부의민의 말을 듣고도 달치는 고개를 갸웃했다.

보긴 했지만 그리 길게 본 것도, 이야기를 나눈 것도 아니라 그런지 딱히 기억이 나지 않는 모양이다.

그런 달치의 어깨에 팔을 두르며 부의민이 그를 향해 말했다.

"괜찮아. 생각하려 애쓸 필요 없어. 머리 아프게 생각해 내야 할 정도로 중요한 놈이 아니거든."

부의민의 말에 달치가 고개를 크게 끄덕이며 대답했다.

"알았다. 달치 기억 안 한다. 안 중요한 사람이다."

"그래 인마. 좋은 모습이네."

달치의 대답이 마음에 들었는지 부의민이 히죽거리며 웃어 보였다.

이미 멀어져 보이지도 않을 거리까지 가 버린 주자악.

그가 사라진 입구 쪽을 바라보며 비설이 조심스레 물었

다.

"저 사람 형님에게 방해가 되진 않겠죠?"

"아직은 모르겠군. 다만…… 적어도 옆에 둘 자는 아니라는 건 여기 있는 모두 알잖아?"

혁련휘의 말에 동감한다는 듯 비설과 부의민이 동시에 고개를 끄덕거렸다.

사람 좋아 보이는 모습으로 포장하고 있지만 그의 본모습은 학관에서 이미 경험했다. 학관은 다른 뭔가가 개입되지 않고 순수하게 사람 대 사람으로 마주할 수 있었던 공간이다.

그곳에서 본 주자악은 최악에 가까운 자였다.

자신의 가문의 힘을 믿고 낮은 사람은 깔아뭉개고, 어떻게든 모두를 짓밟고 올라서려 하는 기질을 지닌 인물.

그런 그가 인제 와서 살갑게 군다고 해서 예전에 봐 왔던 그런 모습들이 사라질 리 없다.

말을 마친 혁련휘가 일행들에게 손짓했다.

"이만 가지."

하나둘씩 빠져나가기 시작했던 집마전이 이제는 텅텅 비어 버린 상황이다.

회의도 끝난 마당에 더는 이곳에 있을 이유도 없었고, 비파월을 찾아갔던 환야와도 만나 봐야 했기에 혁련휘는 일행들과 함께 곧바로 자신들의 거처로 발걸음을 돌렸다.

그렇게 회의를 끝마치고 돌아온 장원.

장원의 입구에 들어서기 무섭게 기다렸다는 듯 환야가 일행들을 향해 다가오고 있었다.

환야가 먼저 입을 열었다.

"회의는 잘 끝나셨습니까?"

"별일 없었어. 그러는 넌? 비파월에서는 뭐 때문에 그리 연락한 거야?"

비파월에서 급히 연락을 취하는 경우는 오직 하나다.

의뢰했던 일들 중에 중요한 것에 대한 정보가 들어왔을 때.

허나 비파월에 워낙 많은 것들을 부탁한 입장이다 보니 그들이 알아 온 정보가 무엇인지 짐작이 가지 않았다.

그런 혁련휘의 질문에 환야가 재빠르게 대답했다.

"반룡수사에 대한 정보가 들어왔습니다."

"보고해."

가장 손꼽아 기다리던 정보였기에 혁련휘가 곧바로 보고를 명했다.

천위극의 목을 잘랐던 그 실.

그 실을 만든 자는 재단사로 알려졌던 천잠술사 규화라는 자였고, 그가 자신이 만든 옷으로 마교의 많은 고수들을 소리 소문 없이 제거했다는 사실을 알게 된 것이 최근의 일이다.

활동했던 시기도 혁련휘가 쫓고 있는 그들과 딱 일치했다.

게다가 그자들에 대한 뭔가를 말하려는 순간 날아든 반룡수사 또한 비밀리에 벌어지는 많은 일들에 규화라는 인물이 밀접한 관련이 있을 거라 여겨지게 만들었다.

그를 찾으면 아직까지 자하도와 연관되어 있다는 사실밖에 알지 못하는 그자들에 대해 조금 더 다가갈 수 있을지도 모른다.

환야가 입을 열었다.

"규화의 위치를 파악한 것은 아니지만 한때 그와 명주실을 비롯한 갖가지 재료를 거래하던 상인이 한 명 있었답니다. 그리고 그자가 얼마 전에 마교 내부에서 규화를 봤다는 말을 술자리에서 언급한 적이 있답니다."

"……그게 언제지?"

"삼십 일이 채 안 된 것 같습니다."

"그래?"

만약 그자의 말이 사실이라면 규화가 아직까지도 이곳에 머물고 있거나, 아니면 인근 어딘가에 있을 공산이 컸다.

혁련휘가 급히 물었다.

"그 상인은 어디에 있지?"

"외성에서 오랫동안 장사를 하던 자랍니다. 찾는 건 그리 어렵지 않을 겁니다."

환야의 대답을 들은 혁련휘가 고개를 들어 하늘을 올려다봤다.

늦은 밤이 된 탓에 상인인 그가 아직 장사를 할지는 가늠할 수 없었지만…….

혁련휘는 지체할 여유가 없었다.

"가지."

"지금 바로 말입니까?"

"장소 알아 둔 거 아냐? 괜히 시간 끌 필요 없이 바로 가지."

"알겠습니다. 그럼 제가 안내하겠습니다."

고개를 끄덕인 혁련휘가 곧바로 다른 이들에게 말했다.

"다들 쉬고들 있어. 나는 환야랑 잠시 다녀올 곳이 있으니까."

말을 마친 혁련휘가 환야와 함께 곧바로 나가려 하자 비설이 황급히 말했다.

"형님, 저도 따라가면 안 돼요?"

"피곤할 텐데 그냥 좀 쉬고 있지."

"오늘 뭐 특별히 한 것도 없어서 쌩쌩해요. 오랜만에 형님이랑 외성 나들이나 나갈까 싶어서요."

위험한 일을 하러 나가는 것도 아니고 잠시 상인을 찾아가 규화에 대한 정보를 얻기 위해 움직이는 거다. 별반 어렵지도 않은 일, 혁련휘는 비설에게 그러라는 듯 고개를 끄덕였다.

그러고는 이내 혁련휘가 말했다.

"바깥에 나간 김에 만두라도 먹고 싶은 모양이군."

혁련휘의 그 한마디에 비설이 장난스럽게 웃으며 말을 받았다.

"어? 들켰네요?"

"하여튼 만두 귀신 같으니라고."

말은 그리 하고 있었지만 두 사람 모두 알고 있었다.

함께 하는 이유가 그저 만두 때문만은 아니라는 것을.

짧은 핀잔을 줬던 혁련휘가 이내 환야에게 슬쩍 고갯짓을 했다.

그런 그의 신호에 환야가 곧바로 입구 쪽으로 가며 혁련휘와 비설을 안내했다.

"따라오시죠."

환야가 빠르게 걸음을 옮겼다.

3장. 장난질
— 어떻게 알지?

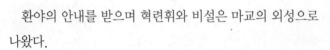

환야의 안내를 받으며 혁련휘와 비설은 마교의 외성으로 나왔다.

해시(亥時)가 넘은 탓에 이미 대부분의 가게들은 문을 닫은 상황.

아직까지 열려 있는 가게라고 해 봤자 술을 파는 곳이나 노점상들이 대부분이었다.

그나마 번화가의 길목에 위치한 탓에 아직까지 열어 있는 가게들이 드문드문 보이는 이곳.

그 길을 걸으며 비설은 연신 주변을 두리번거렸다.

손님들의 발길이 가득한 기루와 객잔들에서 풍겨져 나오

는 각양각색의 음식 냄새들이 그녀의 발길을 잡고 있었다.

"하아, 냄새 장난 아닌데요."

고소한 냄새가 풍겨져 나오는 객잔을 향해 당장에 뛰어라도 들 것 같은 그녀를 보며 혁련휘가 입을 열었다.

"누가 보면 며칠은 굶긴 줄 알겠군."

"에이, 형님도. 저녁은 저녁이고 지금 먹는 건 야식이죠."

대수롭지 않다는 듯 말하는 비설의 모습에 앞장서서 걷던 환야가 기가 차다는 얼굴로 물었다.

"대체 그렇게 먹는데 살은 어디로 가는 거냐?"

"먹는 것도 많지만 전 많이 움직이잖아요."

말을 내뱉으며 비설은 노점에서 팔고 있는 음식에 아쉽다는 듯 시선을 주고 있었다.

마음 같아서야 이것저것 먹고 싶은 것도 많았지만 지금은 그럴 때가 아니다.

당장에 찾아가는 가게가 문을 닫았을지도 모르는 상황, 괜히 자신 때문에 발걸음을 늦췄다가 혁련휘의 계획에 차질이 생길 수도 있다.

그랬기에 비설은 시선만 줄 뿐이지 전혀 미적거리지 않으며 발걸음을 옮겼다.

음식 냄새로 가득했던 길이 끝날 무렵 비설이 물었다.

"그런데요, 아저씨. 그 가게가 어디쯤에 있어요?"

"이 길목 끝쯤에 있다 했으니 곧 보일 때가 됐는데……."

주변에 있는 가게들을 확인하며 중얼거리던 환야가 이내 손가락으로 한 곳을 가리켰다.

"저기입니다, 대장."

환야가 가리킨 곳은 제법 커다란 가게였다. 그리고 그곳이 바로 천잠술사 규화를 최근에 봤다는 말을 꺼냈던 상인이 있다는 곳이었다.

아직까지 불이 꺼지지 않았지만 누군가가 나와 진열대의 상품을 정리하고 있는 모습. 아마도 곧 가게를 닫으려 하고 있었던 모양이다.

그 모습을 본 환야가 서둘러 그쪽으로 다가갔다.

중년을 넘어 노년의 길목에 서서히 들어가고 있어 보이는 사내 한 명이 진열대에 쌓여 있는 실과 천들을 안으로 옮기고 있었다.

그런 사내에게 다가간 환야가 말을 걸었다.

"혹시 이곳의 주인이신 강문이라는 분 계십니까?"

한가득 품에 안고 움직이던 노인이 힐끔 고개를 돌리더니 이내 들고 있던 물건들을 다시금 진열대 위에 놓고는 가볍게 죽는소리를 토해 냈다.

"끄응, 허리야."

자그맣게 혼잣말을 토해 내던 그는 곧 몸을 돌려 환야와 마주했다.

"제가 강문인데 누구십니까? 처음 뵙는 분 같은데……."

자신이 강문이라 밝히는 노인을 본 환야가 한결 밝아진 표정으로 혁련휘를 향해 고개를 돌렸다. 그러고는 맞다는 듯 고개를 끄덕거리자 일정 거리를 두고 떨어져 있던 그가 비설과 함께 가게 쪽으로 다가왔다.

환야가 강문을 향해 말했다.

"잠시 안에 들어가서 이야기를 좀 나누고 싶은데요."

"이, 이야기요? 갑자기 왜……."

뭔가 불안한지 그가 더듬거릴 때였다. 환야가 허리춤에 달려 있던 전낭 주머니 하나를 꺼내어 강문을 향해 내밀었다.

묵직할 정도의 돈을 건넨 환야가 말했다.

"잠시 궁금한 게 있어서 물으러 왔습니다. 안으로 들어가도 괜찮을까요?"

웃으며 물어 오는 환야와 손 위에 놓인 커다란 전낭을 번갈아 바라보던 강문이 이내 마른침을 꿀꺽 삼키고는 곧바로 고개를 끄덕였다.

"아, 안으로 드시죠."

허락이 떨어지고 세 명의 일행이 안으로 들어서자 바깥

을 두리번거리던 그가 황급히 입구 쪽에 휘장을 치고는 따라서 들어왔다.

먼저 가게 안으로 들어온 세 사람은 이미 한편에 준비되어져 있던 의자에 자리하고 있었다. 탁자 쪽으로 다가온 강문이 조심스럽게 그런 그들과 한 곳에 자리했다.

그가 눈치를 보며 입을 열었다.

"저기 귀하신 분들 같은데 저에게 뭘 여쭈시려고 찾아오신 건지……."

무인이 아니다 보니 혁련휘의 얼굴을 직접 본 적이 없었던 모양이다.

그의 질문에 혁련휘가 이곳에 온 본론을 꺼내어 들었다.

"규화에 대해 물으러 왔소."

규화라는 말에 강문이 고개를 갸웃하며 물었다.

"그는 왜 찾으시는 겁니까?"

"……용건이 좀 있어서."

어차피 이 강문이라는 노인에게 모든 걸 말해 줄 이유는 없었다.

이자에게 원하는 건 그저 규화를 정확히 언제, 어디에서 만났는지다.

그리고 추가적으로 혹시나 지금 그가 어디에 머물고 있는지 아는가 정도였다.

혁련휘가 그 날 일에 대해 이야기를 꺼냈다.

"얼마 전에 규화를 본 적 있다 들었소. 맞소?"

"아…… 예예. 봤습니다. 평소에 자주 들르던 객잔에서 술을 거하게 한잔 하고 돌아가는 길에 어디선가 낯익은 얼굴이 보이는 거 아니겠습니까? 처음엔 술에 취해 헛것을 보는 건가 하고 눈을 비벼 봤는데 오래전에 사라졌던 그 친구더군요."

"그래서 이야기는 좀 나눴소?"

"예, 오랜만에 만난 그가 반가워서 다가가 친근하게 말을 걸었지요. 인근에 있는 객잔에 가서 술 한잔 하자고 말했는데 무슨 바쁜 일이 있다며 곧 가 봐야 한다고 해서 그리 긴 대화를 나누지는 못했습니다. 그저 가벼운 인사와 뭐 어떻게 지내느냐 하는 안부 정도 나눴지요."

"그래서 지금 어디에 있는지는 모르오?"

"곧 마교를 떠나야 한다고 하더군요. 본 지 꽤나 시간이 지났으니 아마 이젠 이곳에 없을 겁니다."

"어디로 간다는 이야기 같은 건?"

"흐음, 사천 쪽에 일이 좀 있다는 식으로 말하긴 했습니다. 아마 갔다면 그쪽이 아닐는지요?"

"사천……."

사천 쪽으로 갔다는 말에 혁련휘는 자그맣게 중얼거렸

다.

뭔가 얻을 게 있지 않을까 해서 왔는데 얻은 단서가 너무나 미미하다.

그저 하나 얻은 것이라고는 사천 쪽으로 갔을 공산이 크다는 것뿐인데…….

더군다나 이 단서 하나조차도 확실하지 않은 상황.

혁련휘의 고민이 깊어질 때였다.

옆에서 이야기를 듣고만 있던 환야가 뭔가 조금이라도 더 단서를 얻고 싶었는지 이것저것 캐묻기 시작했다.

"겉보기에 뭐 이상한 거나 이런 점 없었습니까? 뭐 겁을 먹었다거나, 쫓기는 느낌이 들었다거나 아무거라도요."

"상황이 상황이다 보니 좀 수척해지긴 했더군요. 그래도 크게 뭐 이상한 느낌은 없었습니다."

강문의 이야기가 끝나는 그 순간 혁련휘의 시선이 그에게 박혀 있었다.

자신을 뚫어져라 보는 혁련휘의 시선에 강문이 어색한 듯 얼굴을 어루만지며 물었다.

"갑자기 왜 그러십니까?"

"……손바닥에 상처가 좀 많은 것 같소."

"아, 이것들이요?"

강문이 베인 상처들이 가득한 손바닥을 스스로 어루만지

며 웃는 얼굴로 말했다.

"저희 같은 업종에서 일하는 사람들의 손바닥이 대체로 이렇습니다. 실이나 옷감에 베이는 일들이 꽤나 많아서요. 그래도 이제는 제법 굳은살이 생겨서 예전보다는 훨씬 나은 편입니다."

"그렇군. 알겠소."

말을 마친 혁련휘가 자리에서 벌떡 일어났다. 그러고는 아무런 미련도 없다는 듯 몸을 돌려 바깥으로 걸어 나오려 하자 환야가 다급히 말했다.

"대장, 그래도 뭔가 더 이야기를 나눠서 혹시 모를 단서를 찾아야 되지 않을까요?"

"이미 충분히 한 것 같군. 이대로 자리하고 있어도 더는 알아낼 건 없을 것 같아서. 밤도 늦었는데 이만 가지. 가자, 비설."

평소답지 않게 빠른 포기를 하며 물러서는 혁련휘의 행동이 이해는 안 갔지만 그가 비설을 데리고 바깥으로 나가 버리니 환야 또한 그 뒤를 쫓을 수밖에 없었다.

그렇게 바깥으로 나온 세 사람의 뒤를 따라 나온 강문 또한 멀어지는 그들에게 짧게 인사를 건넸다.

"살펴 가시지요."

그런 강문의 인사를 대충 받은 환야가 다급히 혁련휘에

게 따라붙었다.

그가 불만스럽게 말했다.

"대장, 이게 어떻게 찾은 단서인데 그냥 이렇게 물러납니까? 조금 더 탈탈 털어서 뭐라도 하나 건져야죠. 이대로 가면 아무런 것도 못 건집니다."

바로 뒤에 붙어서 떠들어 대는 환야의 말을 묵묵히 듣고 있던 혁련휘가 가게에서 멀어진 직후 갑자기 발걸음을 멈췄다.

갑작스럽게 그가 멈추어 서자 덩달아 비설과 환야도 제자리에 설 수밖에 없었다.

혁련휘가 몸을 돌려 환야를 향해 말했다.

"작전 변경한다."

"예? 갑자기 무슨 소리십니까?"

"지금부터 저자에게 들키지 않도록 은밀하게 뒤를 쫓아."

"지금 만난 가게의 주인장 말입니까?"

"그래."

무덤덤한 혁련휘의 대답.

그렇지만 환야는 도통 이해가 안 갔는지 물었다.

"어째서입니까?"

"수상한 점을 찾았거든."

"수상한 점이라면 무엇을 말씀하시는 건지…….'

조심스레 물어 오는 환야를 향해 혁련휘가 자신이 눈치 챈 것들에 대해 말했다.

"첫 번째는 손이야."

"아, 그 상처 가득한 손이요? 근데 그게 왜요?"

"그래, 그 손. 실이나 비단을 다루다 보면 종종 상처가 난다고 둘러대긴 했지만…… 그건 그냥 보통 실에 베인 상처가 아니야. 독에 중독당했던 것처럼 상처 부근에 은은한 녹색 빛을 띠더군. 아마도 독이 묻은 실을 다루다 중독당했던 것이겠지."

"실과 옷감을 다루는 자니 그것들에 염색을 자주 할 거 아닙니까? 그래서 물든 걸 수도 있지 않을까요?"

"맞아. 그런 가능성도 배제할 순 없지. 만약 지금 말한 그것뿐이었다면 나도 너처럼 생각하고 그냥 가볍게 넘겼을지도 모르지. 허나 놈은 말실수를 하나 했어."

"말……실수요?"

환야가 그게 뭐냐는 듯 물어 왔고, 마찬가지로 옆에 있는 비설도 눈을 크게 뜬 채로 혁련휘의 다음 말을 기다렸다.

그리고 혁련휘는 방금 전 있었던 강문과의 대화를 짚고 들어갔다.

"상황이 상황이다 보니 좀 수척해졌다? 뭐 가볍게 흘려 들을 수도 있는 말이지. 그런데 상황이라니? 대체 무슨 상황에 대해 알기에 그 같은 말을 하는 거지. 분명 세간에 규화는 갑작스럽게 실종된 것 정도로 알려져 있을 텐데 말이야."

거기까지 말을 듣는 순간 환야는 그가 하고자 하는 말이 무엇인지 알 수 있었다.

환야가 충격을 받은 얼굴로 입을 열었다.

"……그러게요. 규화가 예전부터 독을 이용해 마교의 무인들을 죽였다는 건 저희도 이번에야 알았던 비밀 아닙니까."

규화가 반룡수사라는 실로 된 암기를 만들었고, 또 오래전부터 마교 수뇌부들의 옷을 만들어 그들을 독살시켰다는 사실을 아는 이는 극히 적었다.

혁련휘가 말을 이었다.

"맞아. 몇몇 예외가 있을 수도 있지만 내가 알기로 그 사실을 아는 건 우리와 그 정보를 가지고 온 비파월, 그리고 교주가 전부야. 그리고 그 외에 그 사실을 아는 자가 있다면…… 그 말뜻이 뭘까?"

"……규화가 벌인 일의 공모자라는 것이겠지요."

"맞아. 방금 그놈도 그 사건과 연관이 있을 공산이 크다는 거야."

혁련휘의 말을 끝까지 들은 환야가 길게 한숨을 내쉬었
다.

"젠장, 잘못했으면 눈앞에 단서를 두고도 그냥 돌아갈
뻔했군요."

다행이라는 듯 말하던 환야가 문득 이상한 점을 찾았는
지 되물었다.

"잠깐만요, 대장. 그러면 대체 왜 그자가 규화를 이곳
마교에서 봤다는 이야기를 했던 걸까요? 같은 편이라면 굳
이 그런 정보를 흘릴 이유가……."

"그건 나도 아직은 확신을 못 하겠군. 그렇지만 몇 가지
가정은 할 수 있지."

혁련휘가 손가락을 세우며 말을 이었다.

"하나, 그들 사이에 내분이 일어났다. 그렇지만 그럴 확
률은 그리 높지 않아. 정말로 그랬다면 아마 이런 비밀을
흘린 저 강문이라는 자가 살아 있기 어려웠을 테니까."

"저도 동감합니다. 그렇다면……."

"아마 두 번째겠지."

혁련휘가 천천히 몸을 돌려 자신이 걸어온 길을 바라봤
다.

몇 번이고 꺾인 탓에 방금 전에 들렀던 가게는 보이지도

않았지만, 그곳에서 만났던 강문이라는 노인의 얼굴이 머리에서 아른거린다.

혁련휘가 천천히 입을 열었다.

"……거짓 정보로 우리의 눈을 속인다."

혁련휘의 그 한마디에 비설과 환야 모두 놀란 눈으로 그를 바라보고 있었다.

*　　　*　　　*

'쳇, 오늘도인가.'

어둠 속에 숨어 누군가를 지켜보던 환야는 그 대상이 장소를 옮기는 것까지 확인하고서야 자신을 뒤따르던 비파월의 누군가와 교대하며 걸음을 옮겼다.

어두운 밤길을 걸으며 환야는 작게 한숨을 내쉬었다.

지금 환야는 반룡술사의 제작자인 규화를 봤다는 가게 주인을 만난 이후, 혁련휘의 명을 따라 계속해서 은밀하니 그를 감시했다.

강문이라는 이름을 지닌 그와의 대화를 통해 뭔가 수상쩍은 부분을 감지한 혁련휘의 명 때문이다.

그렇게 그자의 뒤를 캔 지 어언 삼 일 가까운 시간이 흘렀지만 아직까지도 별다른 특별한 움직임은 보이지 않았다.

허나 수상한 모습을 찾지 못했음에도 불구하고 환야는 포기하지 않았다. 분명 혁련휘의 말대로 당시 강문이 내뱉었던 말은 뭔가를 알지 않고서는 할 수 없는 말실수였으니까.

너무나 작은 말실수라 본인조차 알아차리지 못한 상황. 그렇지만 그 미세한 부분을 잡아낸 혁련휘는 강문 그자의 말을 믿는 척하면서 도리어 뒤를 캐고 있었다.

환야와 비파월이 교대로 강문을 감시하고 있는 현재.

긴 감시를 끝내고 잠시나마 쉬기 위해 환야가 장원으로 돌아왔다.

돌아오기 무섭게 그는 오늘 있었던 일들을 보고하기 위해 혁련휘를 찾았다.

"대장, 돌아왔습니다."

"생각보다 늦었군."

"그놈이 가게에서 생각보다 시간을 오래 채워서요. 교대를 하기 조금 애매하더군요. 그래서 끝까지 보다가 집으로 떠날 때 비파월에게 맡기고 돌아왔습니다."

"시간이 다 돼서야 돌아온 걸 보아하니 오늘도 특별한 일은 없었던 모양이군."

"네, 아쉽게도요."

이 정도라면 잘못 짚은 건 아닐까 의구심이 들 법도 하련만 환야는 일절 스스로에게 그런 질문을 던지지 않았다.

혁련휘의 말이 일리가 있어서이기도 했고, 자신의 감 또한 뭔가 의심스럽다고 알려 오고 있었기 때문이다.

환야가 자신이 보아 온 강문이라는 사내에 대해 이야기했다.

"규화와의 연관 점을 금방 찾아내기는 어려울지도 모르겠습니다, 대장."

"왜? 뭐 특이한 점이라도 있나?"

"며칠 동안 감시해 보니 쉽게 뭔가를 걸릴 놈 같지는 않아 보여서요. 무척이나 꼼꼼한 편이더군요. 비단을 포함해 대부분의 물건들을 딱 각에 맞추는 습관이 있더군요. 손님이 만지작거리던 물건들이 조금이라도 위치에 어긋나면 손님이 가게를 나가기 무섭게 본래의 위치에 보기 좋게 진열해 두는 성격입니다."

깔끔한 성격, 그리고 그만큼 예민하다는 말이기도 하다.

뭔가가 정해져 있던 것과는 다르게 어그러지는 걸 용납하지 않는 그런 자라면…… 평소의 성격 또한 그럴 공산이 크다.

그런 자일수록 쉽사리 빈틈을 보이지 않고, 뭔가 단서를 찾아내는 것도 쉽지 않다.

강문에 대한 이야기를 전해 들은 혁련휘는 작게 고개를 끄덕였다.

정말 그자가 규화와 관련이 있다면 그 말은 곧 그들과도 연이 닿아 있다는 말.

자신이 찾는 그들은 십수 년이 넘게 스스로의 모습을 감춘 채로 살아오는 자들이다.

그런 조심스러운 자들을 찾아내는 게 쉬울 리가 없는 건 당연지사.

환야가 그렇게 강문을 감시하는 사이 혁련휘 또한 그냥 두 손 놓고 놀고 있던 건 아니었다.

그에게 내려진 숙제는 다름 아닌 그 가짜 정보를 자신에게 가르쳐 준 이유를 찾는 것이다.

규화가 사천으로 갈 거라는 진짜인지 아닌지 모를 정보를 준 그들의 진짜 목적은 과연 무엇일까? 대체 그런 소식으로 눈을 속이고 그사이 그들이 노리는 진짜 목적은…….

잠시 고민을 하던 혁련휘가 이내 환야를 향해 말했다.

"지금 당장에 단서는 그자에게서밖에 나올 수 없어. 조금 더 신경 쓰도록."

"알겠습니다, 대장."

환야가 고개를 끄덕거릴 그때였다.

똑똑.

문을 두드리는 소리에 두 사람의 시선이 그쪽으로 향했고, 이내 살짝 열린 문틈으로 비설이 고개를 들이밀었다.

　그녀가 말했다.

　"이야기 중에 죄송해요, 형님."

　"아니야. 무슨 일인데?"

　"잠시 외출 좀 다녀오려고요."

　"외출? 이 밤에?"

　"네. 잠시 확인해야 할 게 있어서요."

　이미 몇 차례 보아 온 비설의 행동으로 인해 지금 그녀의 목적이 무엇인지 잘 알고 있는 혁련휘다.

　입으로 언급만 하지 않았을 뿐이지 혁련휘나 비설 모두가 지금 그 용건에 대해 정확하게 서로 대화를 나눈 것과 다름없었다.

　혁련휘는 지금 비설이 자신이 속한 단체의 일로 나가려한다는 걸 알았고, 그녀 또한 그가 그런 사실을 안다는 사실을 잘 알고 있다.

　다만 혁련휘 본인이 그 일에 있어서는 자신이 개입하기어려운 부분이라 생각하여 비설의 행동에 아무런 간섭도하지 않는 것뿐이다.

　혁련휘가 물었다.

　"혼자 괜찮겠어? 달치라도 붙여 줄까?"

"에이. 괜찮아요, 형님. 갔다가 매번 금방 돌아오는 거 아시잖아요. 어차피 마교 내부에 있을 거라 별일 없을 겁니다."

비설의 담담한 대답에 혁련휘는 고개를 끄덕였다.

마교 내부라 해도 위험하다는 사실을 너무나 잘 아는 혁련휘다.

그 같은 사실을 알면서도 비설 혼자 다녀오겠다는 말에 고개를 끄덕이게 되는 건 그만큼 그녀의 실력이 뛰어나기 때문이다.

설령 그 누가 온다 한들 소란 없이 비설을 제압하는 게 가능할 리 없다는 확신.

그럼에도 불구하고 이토록 괜히 신경이 쓰이는 건 그만큼 그녀에 대한 혁련휘의 마음이 큰 탓이다.

스스로 필요 없는 걱정이라는 걸 알면서도 염려할 정도로.

혁련휘가 그런 비설을 향해 대답했다.

"알았어. 그럼 조심해서 다녀오고."

"네, 형님. 금방 다녀오겠습니다. 그럼 하시던 이야기들 하세요."

언제나처럼 밝은 얼굴로 인사를 끝마친 비설이 문 사이로 들이밀었던 고개와 함께 스윽 사라졌다.

그녀가 멀어진 기척을 느끼고서야 환야가 물었다.

"이 밤에 어디를 다녀온다는 겁니까?"

"저 녀석도 개인적인 용무가 있을 것 아냐."

무덤덤해 보이는 얼굴로 대답하는 혁련휘를 슬쩍 곁눈질하며 환야가 감탄했다는 듯 말했다.

"이야, 대단하신데요. 그렇게 옆에만 두실 것처럼 굴더니 사생활에 관련해서는 또 이리도 아무렇지 않게 대범한……."

대단하다는 듯이 말하는 환야의 말을 자르고 혁련휘가 표정을 확 찡그리며 물었다.

"이게 아무렇지 않은 걸로 보여?"

평소와는 다른 다소 짜증 섞인 혁련휘의 말투에 환야가 당황한 듯 그를 바라볼 때였다.

비설이 사라진 쪽을 향해 시선을 둔 채로 혁련휘가 나지막이 중얼거렸다.

"말을 안 해서 그렇지 엄청 신경 쓰여."

비설은 평소의 옷 위에 다른 긴 장포를 걸친 채로 걸음을 옮기고 있었다.

그녀는 죽립까지 푹 눌러 써 완벽하게 자신의 모습을 감춘 상태였다.

예전이야 그나마 평범하게 사람들 속에 묻혀 움직이는 게 가능했지만 지금은 아니다. 본래의 모습으로 돌아온 비설은 너무나 눈에 띄었고, 그래서는 비밀리에 북천회의 숨겨진 거점에 드나드는 것 또한 불가능한 일이었다.

그랬기에 죽립과 장포로 간단하게 정체만 감춘 채로 그녀는 익숙한 장소를 찾았다.

골목길 안쪽에 난 자그마한 길목.

비설이 막 그 길목 안쪽으로 걸음을 옮기려는 찰나였다.

그녀의 등 뒤로 스쳐 지나가는 누군가의 움직임에 비설은 움찔하고는 갑자기 발을 멈췄다.

익숙한 체취, 그리고 느낌.

비설은 슬쩍 고개를 돌려 뒤쪽을 살폈다.

가장 먼저 들어온 건 누군가를 연상케 하는 허리춤에 달려 있는 하나의 호리병.

그 호리병을 확인하는 순간 비설의 눈이 놀란 듯 커졌다.

그녀가 다급히 그 호리병 주인의 얼굴을 확인했다.

비설과 마찬가지로 커다란 죽립을 눌러 쓰고는 있었지만 슬쩍 들어 올린 아래에서 익숙한 얼굴이 드러났다.

상대의 정체는 바로 도재하, 비설 그녀의 사부였다.

연락도 없이 모습을 드러낸 그의 모습에 놀란 듯 비설이 입을 열려는 때였다.

도재하가 죽립 아래에서 가만히 손가락을 세워 스스로의 입 앞에 세웠다.

조용하라는 무언의 신호에 비설 또한 아무런 말도 꺼내지 않았다.

몸을 돌린 그가 말 대신 손짓으로 따라오라는 신호를 보내며 어딘가로 걸어 나갔다.

갑작스러운 도재하의 방문에 비설은 놀라면서도 전혀 당황하지 않고 그의 뒤를 쫓았다.

도재하의 마교 방문은 일전에도 있었다.

그렇지만 당시엔 그가 올 거라는 짐작은 어느 정도 했던 상황이고, 지금은 연락도 없이 모습을 드러냈다. 북천회 내에서 도재하가 지니는 비중을 생각해 봤을 때 그가 이토록 연락도 없이 찾아온다는 건 분명 중대한 일이 있음을 말해 주는 것이기도 했다.

그리고 도재하에게 비설이 알렸던 사실.

송백산장의 일이다.

북천회의 비밀 작전이 외부로 새어 나갔고, 그로 인해 내부에 변절자가 있는 것이 아닌가 하는 의심을 전했다.

그리고 그 일을 전해 듣고 사라졌던 도재하의 등장, 아마도 그때 알렸던 송백산장의 일과 관련이 있을 공산이 컸다.

그렇게 두 사람은 앞뒤로 선 채로 말없이 어딘가를 향해 걸었다.

선두에 선 채로 비설을 어딘가로 안내하던 도재하가 멈추어 선 곳.

그곳은 마교 외성 변두리에 있는 자그마한 다루(茶樓)였다.

차를 마시는 다루에는 손님이 단 한 명도 없었고, 심지어 주인조차 없었다.

그저 자그마한 탁자 하나, 그리고 그 위에 놓인 차와 찻잔이 전부였다.

다루에 들어와 자리에 앉은 도재하가 그제야 얼굴을 가리고 있던 죽립을 풀어 옆에 내려놓았다. 그가 맞은편으로 다가온 비설을 보며 빙그레 웃었다.

"뭐하는 게냐. 어서 와서 앉지 않고."

웃으며 말하는 도재하를 향해 비설이 장난스럽게 말했다.

"사부가 술도 아니라 차를 마시자는 게 어색한데요."

"이 사부는 뭐 백날 술만 마시는 줄 아느냐."

기가 막힌다는 듯 말하는 도재하를 향해 다가온 비설이 마찬가지로 죽립을 벗고는, 웃는 얼굴로 맞은편에 자리했다.

자신과 나란히 마주 보고 앉은 비설을 웃는 얼굴로 바라보던 도재하가 잠시 가만히 있다 이내 천천히 입을 열었다.

"······다친 데는 괜찮은 게냐."

걱정이 가득 느껴지는 목소리.

도재하는 얼마 전 비설이 큰 부상을 입었다는 사실을 이미 알고 있었던 것이다. 물론 어떠한 이유로 다쳤는지까지는 정확히 모르지만 그녀가 큰 부상을 당해서 한동안 침상에 누워 있었다는 건 알고 있는 상황이었다.

그는 비설의 실력을 잘 알았다.

자신이 아는 그녀가 그토록 다칠 정도라면 어떠한 큰일이 있었을지 어렴풋이나마 짐작이 되는 바, 걱정이 되는 건 당연했다.

비설이 걱정 말라는 듯 주먹을 불끈 쥐어 보이며 그런 도재하에게 자신의 멀쩡함을 보였다.

"괜한 걱정이세요. 보세요, 사부. 이렇게 쌩쌩한데요."

"돌덩어리 같은 네 녀석이 다쳤다는데 걱정 안 하게 생겼느냐."

도재하가 가볍게 혀를 차며 자신의 속내를 드러냈다.

겉보기엔 아무리 멀쩡해 보인다 해도 그 정도의 부상을

입고 고생했을 제자를 생각하니 안쓰러운 모양이다.

거기까지 말을 마친 도재하는 앞에 준비해 두었던 찻잔에 차를 채웠다.

방금 전까지 이곳에 주인이 자리했었는지 차는 아직까지도 모락모락 연기가 피어올랐다. 서로의 잔에 따뜻한 차를 채워 넣은 도재하는 말없이 찻잔을 만지작거렸다.

하고 싶은 말이 많은데 어떻게 시작해야 할지 선뜻 입이 떨어지지 않는 모양새다.

그렇게 잠시간의 침묵을 유지하던 도재하가 슬그머니 입을 열었다.

"우리가 만나고 그리 시간이 오래 지나지 않았거늘 그동안 많은 일들을 벌였더구나. 다친 것도 다친 것이지만……마후의 이야기는 사실이냐?"

마후라는 말에 비설은 잠시 움찔했다.

사실 이 일을 벌이면서 가장 걱정했던 부분이 사부가 어떻게 생각할지였다.

그녀가 조심스럽게 고개를 끄덕이며 대답했다.

"네, 사부. 진짜예요."

"……이거야 원 이걸 어찌 생각해야 할지 아직 답이 잘 서지 않는구나."

북천회를 위해서는 이것이 오히려 기회가 될 수 있다는

의견이 많은 건 사실이다.

물론 그 반대도 존재하는 건 사실이나, 지금 도재하가 걱정하는 건 그런 북천회나 정파에 관련해서가 아니다.

비설, 바로 그녀를 위한 걱정이다.

도재하는 비설을 믿었다.

그녀의 선택이라면 전적으로 그걸 도와주고 함께할 의사도 있었다.

허나 이 선택으로 인해 비설이 감내해야 할 수도 있는 수많은 고난들을 생각한다면 도재하는 선뜻 이것이 잘된 일이라 말하기 어려웠다.

씁쓸한 표정으로 차를 마시는 도재하를 향해 비설이 조심스레 물었다.

"설마 마후의 일 때문에 직접 찾아오신 거예요?"

비설의 질문에 도재하가 작게 고개를 저었다.

마후와 관련된 것들로도 묻고 싶은 것이 무척이나 많았지만 지금 그가 찾아온 건 그 때문이 아니었다.

도재하가 입을 열었다.

"일전에 네가 부탁했던 그 일 때문에 왔다."

도재하의 말에 비설은 고개를 끄덕였다.

그가 나타났을 때부터 어느 정도 예상했던 바였으니까.

송백산장의 일로 인해 내부의 간자를 찾아봐 달라고 부

탁했던 비설이다.

그렇지만 그 일의 결과에 대해 알려 주고자 도재하가 직접 나타난 건 예상하지 못했다. 북천회 내에서도 큰 힘을 지닌 도재하는 쉬이 움직이기 어려운 위치에 놓인 인물이다.

그런 그가 나타났다는 건…… 그만큼 이 일이 복잡해졌다는 걸 뜻했다.

비설이 물었다.

"혹 그 범인 찾아내셨어요?"

"……그래. 송백산장으로 네가 움직였다는 비밀을 흘린 범인을 찾아냈단다."

"그게 누구죠? 저도 아는 사람인가요?"

다급히 물어 오는 비설을 지그시 바라보던 도재하가 쉬이 입을 열기 힘든지 몇 번이고 머뭇거리다가 이내 결정을 내린 듯 짧게 대답했다.

"회주다."

"……네?"

대답을 듣고서도 비설은 믿지 못하겠다는 듯 멍하니 도재하를 바라봤다.

회주라니?

자신이 아는 북천회의 회주 관천위가 그 일의 범인이라

고?

어찌 그런 일이 있을 수 있단 말인가.

비설이 애써 부정하듯 말을 꺼냈다.

"에이, 설마요. 회주님이 왜……."

"나 또한 믿고 싶지 않았다. 그렇지만 확실한 것 같구
나. 그 일을 꾸민 자는 회주가 확실해. 그리고 지금 그는
다시금 너를 죽이기 위해 살혈문과, 암부조를 움직였다."

살혈문과 암부조.

두 개 모두 이름난 살수 집단이다.

그런 그들이 비설을 노리고 움직였다. 그리고 그 일의
흉수는 도재하의 말대로 북천회의 회주인 관천위였다.

"정말……인가요?"

"그래, 아무래도 그자가 다른 생각을 하고 있는 듯싶구
나."

"다른 생각이라뇨?"

"아마도 네가 아닌 다른 누군가를 그 자리에 세우고 싶
은 모양이겠지."

도재하는 이미 완벽하게 관천위의 생각을 읽고 있었다.

예전부터 도재하는 그를 그리 좋아하지 않았다. 관천위
가 회주가 되는 걸 원하지 않았지만 또한 반대로 비설을 그
가 맡는 것도 싫었다.

그랬기에 비설을 지켜 주고자 자신이 회주의 후보 자리를 포기하며 그녀의 사부가 되어 줬다.

당시엔 그것으로 만족하나 싶었는데…….

결국 그가 새로운 욕심을 가지게 된 모양이다.

비설은 자신에게 함정을 파 놨던 자가 회주라는 말에 적잖이 충격을 받은 상황이었다. 그렇지만 놀라고만 있을 수 없는 상황, 비설은 빠르게 정신을 추스르며 물었다.

"그럼 어떻게 하죠? 하필이면 회주님이 그 흉수라면 그냥 간단하게 처리하긴 힘들 것 같은데요."

"맞아. 아마도 북천회 내부에서 큰 전쟁이 벌어질지도 모르지."

말을 하는 도재하의 표정은 어두웠다.

지금 같이 정파가 약해진 상황에 다시금 내전이라니. 스스로 자멸의 길로 들어가는 것과 무엇이 다르단 말인가.

그렇지만 회주가 그런 뜻을 품은 이상 쉽게 넘어갈 수 없는 건 사실이다.

지금 도재하가 해야 하는 건 북천회 내부에서 싸움이 벌어진다 하더라도 그것의 피해를 최소화하는 것이었다.

어느 정도의 피해는 감수하더라도 그 충격이 오래가지 않을 정도의 선에서 마무리 짓는 것. 그것이 북천회라는 단체가, 그리고 그들이 지닌 이념을 지켜 낼 수 있는 최선의 선택이었다.

비설이 다소 높아진 목소리로 말했다.

"전쟁은 안 됩니다. 지금 북천회끼리 싸웠다가는 정파의 재건은 아예 물거품이 될지도 몰라요."

"나도 알고 있단다. 그래서 이번 일을 최소한의 피해만으로 마무리 짓기 위해 널 찾아온 것이란다. 이 싸움, 더 커지기 전에 서둘러 끝내야 해. 그러기 위해서…… 네가 필요하다."

"제가요?"

자신이 필요하다는 말에 되묻는 비설을 향해 도재하가 고개를 끄덕였다.

그리고는 천천히 목소리에 힘을 주어 그녀에게 말했다.

"돌아가자꾸나. 북천회로."

돌아가자는 그 한마디에 비설의 눈동자가 흔들렸다.

4장. 기로
— 시간을 주세요

　비설은 애써 담담하려 했다.

　그렇지만 조심스레 나오는 그녀의 목소리는 떨리고 있었다.

　"마교에서 나오라는 말씀이신가요?"

　"그래, 이번에 나와 함께 북천회로 돌아가자는 말이란다. 네가 도와야 이번 싸움의 피해를 최소화할 수 있을 게야."

　비설이 북천회 내부에서 지니는 위상은 보통이 아니다.

　실질적인 서열 자체도 높지만 상징적인 의미가 더욱 크다. 그녀가 움직인다면 수많은 젊은 무인들이 뜻을 함께할 것이다.

어디 그뿐이랴.

다른 무인들이 따르는 것도 그렇지만 비설 개인이 지닌
실력 또한 큰 도움이 될 게 분명했다.

도재하가 어떠한 연유로 그 같은 말을 했는지 비설은 잘
알고 있었다.

그리고 그런 선택이 맞다는 걸 알면서도…… 그녀는 쉽
사리 입을 열지 못했다.

얼굴을 가득 뒤덮은 그늘진 표정.

혁련휘 때문이다.

도재하의 말대로 하기 위해서는 이곳 마교를 떠나 북천
회로 돌아가야 한다. 그렇지만 그렇게 되면 혁련휘는?

그와도 떨어져야 한다는 것이 아니던가.

그리고 이건 단순하게 한동안 떨어져 있는 일이라 여길
수만도 없는 문제다.

자신은 정파, 그리고 혁련휘는 대공자이자 곧 교주의 자
리에 오를 마교의 별이다.

이 알 수 없는 이별이 어떠한 결과를 낳을지는 아무도 모
른다는 소리다.

답답함이 가득한 비설의 얼굴을 바라보던 도재하가 입을
열었다.

"마교를 떠나자는 말에 그리도 충격받은 표정을 짓는 걸 보아하니…… 대공자라는 자를 많이 좋아하는 모양이로구나."

입을 열지 않았음에도 속내를 꿰뚫는 그의 한마디에 비설은 움찔했다.

그렇지만 그녀는 숨기지 않았다.

비설이 고개를 끄덕였다.

"네, 아주 많이요."

너무도 솔직한 그녀의 대답에 오히려 도재하가 당황한 듯 되물었다.

"녀석, 이리도 당당하게 그렇다고 말할 줄은 몰랐구나."

"속일 수 있을 정도로 얕은 마음이 아니거든요."

용기 있게 대답하는 비설의 모습에 도재하는 한편으로는 대견하면서도 또 한편으로는 미안한 마음이 들었다.

이유야 어찌 됐든 지금 자신은 그런 비설이 연모하고 있는 사내와 떨어지게 만들어 버리는 당사자가 돼야 했기 때문이다.

"너에겐 미안하구나. 그렇지만…… 반드시 네가 해야 할 일이다. 알지 않느냐. 만약 이번에 북천회 내부 전쟁이 심화된다면 무슨 일이 벌어질지를."

"알아요. 아니까 이렇게 고민하는 거고요."

비설이 개입하고 안 하고로 인해 수천 명의 목숨이 오고 갈 수도 있는 상황이다. 그리고 그 목숨과 함께 오랜 정파의 숙원들마저도 사라질지도 모른다.

비설의 선택이 차후 정파의 미래를 좌우할 거라는 말이다.

그런 그녀를 향해 도재하가 무언가를 막 말하려 할 때였다.

비설이 먼저 입을 열었다.

"잠시만요, 사부. 며칠만 생각할 시간을 주시면 안 될까요?"

"미안하지만 그리 길게는 여유가 없단다. 너무 오래는 힘들 듯하구나."

"얼마까지 가능하죠?"

"……삼 일 정도란다."

도재하가 직접 왔다는 것,

그 하나만으로도 이미 상황이 급박하다는 걸 말하고 있었다.

사실 삼 일을 준다는 것 자체도 도재하의 입장에서는 꽤나 긴 시간을 준 상황이다.

그 삼 일을 채우기 위해 두 사람은 아마 쉬지도 못하고 북천회를 향해 달려가야만 할 것이다.

그렇지만 지금 비설에게 시간이 필요할 것이라는 사실을 짐작한 도재하는 그런 불편을 감수하더라도 지금 그녀가 원하는 방향으로 결단을 내렸다.

도재하에게는 긴 시간, 그렇지만 비설에겐 그렇지 않았다.

"삼 일……."

혁련휘와 함께했던 그 시간들.

그런 그와의 인연을 위한 고민을 하기엔 삼 일은 그리 긴 시간이 아니었다.

쏴아아아.

비가 내렸다.

요즘 들어 부쩍 자주 내리기 시작한 비가 온 주변을 뒤덮으며 떨어져 내렸다. 죽립을 쓰고 나온 덕분에 그나마 빗줄기에 얼굴을 보호하며 비설은 비가 오는 마교의 밤거리를 걸었다.

주변에서는 갑작스레 쏟아지기 시작한 빗줄기를 피하기 위해 사방으로 뛰어다니는 사람들의 모습이 보였다.

소란스러운 상황.

그렇지만 비설은 멍하니 그저 자신이 갈 길을 타박타박 걸어가고 있었다.

'……돌아가야 한다고?'

북천회로의 귀환.

아주 옛날엔 그 날이 오기를 바랐다.

그 말은 곧 자신이 모든 임무를 끝마쳤다는 말일 테니까.

그렇지만 지금은 아니다.

북천회로 돌아간다면 혁련휘를 언제 다시 볼 수 있을까?

아니, 정말…… 다시 볼 수나 있긴 한 걸까?

당장에야 그럴 일은 없을 거라 여기지만 세상사 아무도 모르는 것이다.

지금의 이별이 몇 년이 되고, 혹 그 이상이 된다면?

과연 그때 자신이 이 자리에 아무렇지 않게 돌아오는 게 가능할까?

어떻게 알게 된 마음인데, 어떻게 가지게 된 사람인데…….

빗길을 걸으며 점점 느려지던 그녀의 걸음걸이가 완전히 멈추고야 말았다.

비설은 쏟아지는 빗물을 향해 가만히 고개를 치켜들었다.

차가운 봄비가 그녀의 얼굴을 연신 두드렸다.

비설은 눈을 감은 채로 그 떨어지는 빗물의 감촉을 느꼈다.

연신 얼굴을 두드리는 그 빗줄기처럼 비설의 마음속에도 수많은 파문들이 일고 있었다.

도재하는 직접 말하지 않았다.

그렇지만 비설은 알고 있었다. 그는 지금 비설에게 선택하라고 말한 것이다.

혁련휘인지, 아니면 북천회인지.

둘 중 하나를 선택해야 하는데 비설은 아무런 것도 선택할 수가 없었다.

북천회는 단순히 몇몇의 인생이 아니다.

수만 명에 달하는 정파인들의 희망, 그것이 바로 북천회다.

그런 북천회가 무너지려 하고 있다.

그리고 그곳의 수장은 계속해서 자신을 죽이려 하고 있다. 그 피해는 결국 혁련휘에게까지 미칠지도 모른다.

북천회를 위해 키워져 온 비밀 병기인 자신.

당연히 선택은 북천회였어야 한다. 그렇지만 그런 결단을 내리지 못하는 이유는 그만큼 그녀의 마음속에서 혁련휘라는 사내가 너무도 크게 자리해 버린 탓이리라.

한참을 멍하니 그 자리에 선 채로 비설은 하늘을 올려다봤다.

쏟아져 내리는 빗줄기가 얼굴을 모두 적신 후에야 비설

은 천천히 걸음을 옮겼다.

마음은 무겁고, 머리는 복잡했다.

그렇지만 가야만 했다.

혁련휘가 자신을 기다리고 있을 테니까.

목적지인 장원 인근에 힘없이 도착한 비설의 눈에는 늦은 밤임에도 불구하고 입구에 선 채로 서 있는 사내의 모습이 들어왔다.

혁련휘가 입구 쪽에서 비를 피하며 누군가를 기다리고 있었다.

그리고 그 누군가가 자신임을 비설은 너무나 잘 알았다.

그런 혁련휘의 모습을 발견하는 순간 비설의 얼굴을 타고 물줄기들이 뚝뚝 떨어져 내렸다.

그렇지만 그것은 비단 빗물만이 아니었다.

자신도 모르게 빗물과 함께 비설의 눈가에서 시작된 눈물들이 주르륵 흘러내리기 시작한 것이다.

비설은 자신의 가슴팍을 손으로 움켜잡았다.

어떻게 저 사내를 버리고 떠날까?

언제나 옆자리를 지켜 주고 걱정해 주는 저 사내를 어찌…….

억장이 무너져 내리는 듯 가슴을 움켜쥔 채로 눈물을 흘리던 비설을 향해 혁련휘가 멀리에서 시선을 돌렸다.

그가 그녀를 발견하고는 빗속으로 아무렇지 않게 뛰어들었다.

그리고 그런 혁련휘의 움직임에 비설은 황급히 죽립을 눌러 쓰며 자신의 얼굴을 타고 흐르는 눈물을 닦아 냈다.

가슴 시리게 내리는 비가 지금은 그런 그녀의 눈물을 감춰 주는 가면이 되어 주었다.

비설을 향해 다가온 혁련휘가 입을 열었다.

"왜 이렇게 늦어. 걱정했잖아."

"……그랬어요?"

"왜? 목소리가 별로인데 무슨 일 있었어?"

걱정스레 물어 오는 혁련휘의 목소리를 듣는 순간 참아 왔던 눈물이 다시금 터져 나올 것 같았지만 비설은 애써 그런 자신의 감정을 억눌렀다.

비설이 고개를 치켜들었다.

그러고는 눈물 대신 환한 미소를 머금은 채로 혁련휘를 향해 말했다.

"그냥…… 형님이 보고 싶어서요."

*   *   *

비설은 눈을 감은 채로 가부좌를 틀고 앉아 있었다. 누군가가 본다면 운기조식을 한다 여겨졌겠지만 실상 그녀는 혼자만의 고민을 하고 있을 뿐이었다.

무려 이틀을 이렇게 보냈다.

혁련휘에겐 최대한 내색하지 않고 평소처럼 지내려 했지만 그건 쉬운 일이 아니었다. 지금 그녀는 커다란 폭풍우 속에 있는 것만 같았다.

사방에서 몰아치는 파도들, 그리고 그 가운데에서 갈 길을 정해야 하는 자그마한 배 신세가 된 기분이었다.

비설의 머리는 복잡했다.

혁련휘냐, 북천회냐.

그것에 대한 답을 내리는 건 그녀에게 너무도 어려운 일이었다.

개인의 욕심을 위해 혁련휘를 선택하기도, 대의를 위해 북천회를 선택하는 것도…….

쉽사리 어느 쪽으로 결정을 내릴 수가 없었다.

오늘도 여전히 끝나지 않을 것만 같은 고민에 빠져 있던 비설이 천천히 눈을 떴다.

그녀는 비어 있는 방 내부를 휘휘 둘러보다 이내 천천히 자리에서 일어났다.

창가로 다가간 비설의 시선이 바깥으로 향했다.

어제까지만 해도 내리던 빗줄기가 어느덧 멈추고 이제는

따사로운 햇살이 내비치고 있는 오전이다.

처마에 고여 있던 물들이 한두 방울씩 뚝뚝 떨어져 내리는 걸 잠시 바라보던 비설의 눈동자가 이내 한쪽에서 시끌시끌 떠들고 있는 일행들에게로 향했다.

환야와 부의민, 달치 셋은 뭐가 그리도 재미있는지 낄낄거리며 웃어 대고 있었다.

쏟아지는 햇살 너머로 행복하게 웃고 있는 세 사람.

그런 그들을 보면서도 비설은 계속해서 고민했다.

그녀에게 남겨진 시간은 고작 하루.

이제는 슬슬…… 마음의 결정을 내려야 할 때가 왔음을 직감하고 있었다.

그런 그들에게 시선을 주고 있을 때 하늘에서부터 들려오는 흑풍의 울음소리와 함께 누군가가 그들을 향해 다가왔다.

혁련휘, 그가 비설이 바라보는 쪽에 모습을 드러낸 것이다.

흑풍과 함께 나타난 혁련휘는 이내 이쪽을 바라보고 있는 비설을 발견한 모양이다. 그가 비설을 향해 오라는 듯 손짓하기 시작했다.

비설이 자신을 가리키자 혁련휘가 고개를 끄덕거리며 소리쳤다.

"안 오고 뭐해?"

어서 오라는 듯이 자신을 바라보는 다른 세 명의 시선을 느끼면서 비설은 잠시 눈을 감았다.

따뜻했다.

봄의 날씨도, 저들과 함께하는 이 시간들도.

그리고 감았던 눈을 천천히 뜨는 그 순간…… 비설의 눈에 맺혀 있던 수많은 고민들의 모습은 씻은 듯이 사라졌다.

……마음의 결정을 내렸다.

비설은 방 한편에 놔두었던 자미쌍검을 등 뒤로 둘러메고는 그대로 바깥을 향해 걷기 시작했다.

바깥으로 뛰쳐나간 비설은 곧바로 일행들이 있는 곳으로 향했다.

빠르게 다가온 비설이 갑자기 혁련휘의 앞으로 다가와 입을 열었다.

"형님, 잠시만 손 좀 내밀어 주실래요?"

갑작스러운 비설의 말에 혁련휘가 자신의 손을 내밀었을 때였다.

비설이 갑자기 혁련휘의 손가락 사이에 자신의 손가락을 넣어 깍지를 끼고는 이내 조심스레 손을 뺐다.

이해가 안 가는 그녀의 행동에 혁련휘가 물었다.

"갑자기 뭐 하는 거야?"

"아, 좀 궁금한 게 있었거든요. 이젠 됐어요. 아 참, 저 잠시만 바깥에 좀 다녀올게요. 마무리할 일이 남아서요."

말을 마친 비설은 누가 뭐라고 할 틈도 없이 휙 하니 바깥으로 사라졌다.

그렇게 비설이 사라지자 그 자리에 있던 부의민이 혀를 차며 중얼거렸다.

"며칠 동안 힘없어 보이더니 오늘은 왜 또 저렇게 기운차데?"

이해가 안 간다는 듯한 부의민의 중얼거림을 뒤로한 채로 장원을 벗어난 비설이 향한 곳은 마교 외성에 위치해 있는 어떤 객잔이었다.

그리고 비설이 이 객잔에 찾아온 이유는 간단했다.

이곳에 그녀의 사부인 도재하가 있었으니까.

연락도 없이 들이닥친 비설의 모습에 도재하가 반갑게 그녀를 맞았다.

"녀석, 연락도 없이 무슨 일이냐? 술 한잔 하기엔 시간이 조금 이른데?"

장난스러운 도재하의 말투, 그렇지만 그런 그의 표정이 점점 진지하게 변했다.

평상시였다면 곧바로 장난으로 응수했을 비설이다.

그런 그녀가 말없이 자신을 바라보고 있자 도재하는 뭔

가를 눈치챈 모양이었다.

"대답……하러 온 게냐?"

도재하의 질문에 비설이 고개를 끄덕였다.

며칠이고 고민했다. 그리고 이제 그 답을 내렸다.

비설이 진중한 얼굴로 대답했다.

"마음, 정했습니다. 사부님."

도재하와의 만남을 끝낸 비설은 곧바로 마교 최대 번화가로 향했다.

그리고 그곳을 돌며 뭔가를 사기도 하고 또 어딘가에 들르기를 반복하다 이내 모든 일을 끝마치고 장원으로 돌아왔다.

나간 지 제법 되어서 돌아온 탓에 시간은 벌써 오후를 훌쩍 넘어서 저녁 시간이 다 되어 있었다.

막 훈련을 잠시 멈추고 숨을 고르고 있던 부의민이 문을 통해 걸어 들어오는 비설을 발견하고는 말을 걸어왔다.

"어딜 그렇게 늦게까지 쏘다녀?"

"아직 해가 저리 멀쩡한데요."

비설이 하늘을 가리키며 대꾸했다.

그런 그녀의 말에 하늘을 힐끔 올려다본 부의민이 재빠르게 화제를 돌렸다.

"그런데 요새 무슨 일 있었냐?"

"……왜요?"

"아니, 뭔가 걱정이 좀 많아 보여서. 그래도 지금은 멀쩡해 보여서 물어보는 거야."

부의민의 말에 비설은 픽 웃었다.

자신의 고민이 다른 모두에게 전염되었던 모양이다. 웃음을 흘렸던 비설은 이내 고개를 크게 가로저었다.

"아뇨, 별일 없었어요."

"그래. 너랑 고민은 전혀 안 어울리니까 괜스레 그런 거 하려면 집어치우고."

"에이, 그건 저보다 아저씨가 들어야 할 말 같은데요."

"이게 꼬박꼬박 말대꾸네."

괜스레 역정이 난 척하는 부의민의 모습을 웃음 띤 얼굴로 바라보던 비설이 이내 물었다.

"그런데 형님은요?"

"대공자야 무슨 일이 있다면서 잠시 나갔던데. 환야가 요새 하는 일 때문인 것 같은데 금방 올걸?"

"아, 그 일로 나가셨구나."

요새 환야가 무엇을 하고 있는지 비설은 정확하게 알고 있었다.

당시 그 가게까지 함께 갔었으니까.

가게 주인이었던 강문이라는 자를 며칠 동안 감시하고 있는 환야의 일 때문에 잠시 자리를 비운 모양이다.

비설이 잠시 다른 쪽으로 시선을 돌린 사이 부의민은 그녀의 양손에 잔뜩 들린 뭔가를 발견했다.

동시에 그 틈으로 밀려 나오는 고소한 향기도.

부의민이 궁금하다는 듯 물었다.

"그런데 네 손에 들린 건 뭐냐?"

"아, 나간 김에 이것저것 사 왔어요. 저녁에 드시라고요."

"이야, 네가 웬일이냐?"

감탄한 듯이 말을 내뱉은 부의민을 향해 손에 들고 있던 것들을 들이민 비설은 곧바로 방으로 향했다. 방에는 예상대로 이미 깊게 곯아떨어져 있는 달치가 자리하고 있었다.

비설이 달치에게 다가가 그를 흔들어 깨웠다.

"아저씨, 일어나서 맛있는 거 먹어요."

"우웅?"

맛있는 거라는 말에 달치가 곰처럼 커다란 덩치를 들썩이며 자리에서 일어났다.

그는 눈을 비비며 주변을 두리번거렸고, 이내 방 안으로 걸어 들어온 부의민의 손에 들린 것들을 뚫어져라 바라봤다.

달치의 눈이 금세 화등잔만큼 커졌다.

그런 달치를 바라보며 부의민이 투덜거렸다.

"아니, 넌 매일 먹고 자고만 하는데 뭐 이렇게 무식하게 세냐? 누군 죽어라 훈련만 하는데."

부의민이 억울하다는 듯 말하며 비설이 사 온 갖은 음식들을 상 위에 올려 둘 때였다. 그런 그의 말에 달치가 짧게 대꾸했다.

"재능 차이다. 달치 재능 있다. 부의민 재능 없다. 그래서 부의민 약하고 달치 강하다."

"……어휴. 저거 나보다 약하기만 했어도."

당장에라도 손을 들어 올려 머리라도 쥐어박아 줘야 속이 후련하건만 달치의 솥뚜껑만 한 주먹이 눈에 들어오는 순간 그런 마음마저도 먼지처럼 사라져 버렸다.

물론 부의민 또한 말로만 이렇게 투덜거릴 뿐이지 달치의 실력이 그냥 생긴 게 아니라는 건 잘 알고 있었다.

자하도에서의 지옥과도 같았던 삶을 견뎌 내며 강해진 달치다.

지금 보기엔 그냥 펑펑 노는 것처럼 보여도 그만한 무공을 지닌 데는 다 이유가 있다.

재빠르게 상 위에 음식을 펼친 부의민과 달치는 서로 마주 앉아 식사를 시작했고, 옆에 앉은 비설은 가만히 그런 둘을 바라만 볼 뿐이었다.

먼저 몇 젓가락 들었던 부의민이 음식을 우물거리며 물었다.

"뭐해? 넌 안 먹어?"

"전 형님 오면 같이 먹으려고요."

"야, 그런 이야기는 미리 해야지. 너만 점수 따기냐?"

부의민이 갑자기 입맛 다 떨어졌다는 표정을 지어 보이며 투덜거렸다.

허나 말은 그리하면서도 부의민은 젓가락질을 멈추지 않았다.

그런 부의민을 턱을 괸 채로 물끄러미 바라보던 비설이 중얼거렸다.

"부 아저씨는 그 투덜거리는 것만 고치면 참 좋을 텐데."

"사람이 변하면 죽는다는 말 못 들어 봤냐? 그리고 뭘 모르나 본데 이게 내 매력이거든?"

그런 부의민의 말도 안 되는 소리에 비설은 잠시 고개를 갸웃했다.

신기하게도 그 말도 안 되는 주장이 사실인 것 같다는 생각이 들어서였다.

비설이 재미있다는 듯 말을 받았다.

"생각해 보니 것도 그러네요."

"그치? 내가 왕년에 말이야 얼마나 인기가 많았는데……."

"부의민 인기 없다. 전에 같이 기루 갔었는데 여자들 부의민한테 안 갔다. 전부 다 환야한테 우르르 갔다."

갑자기 끼어들며 말을 꺼내는 달치의 모습에 부의민이 당황한 듯 그의 입을 틀어막았다.

그렇지만 이미 이야기를 모두 들은 비설이 눈을 빛내며 물었다.

"호오, 언제 세 분이서 또 기루를 다녀오셨데요."

"아냐. 그냥 이 자식이 헛소리하는 거야."

부의민이 황급히 둘러댔지만 힘으로 그가 달치를 누를 수 있을 리 없었다.

가볍게 부의민의 손을 뿌리친 달치가 비설에게 미주알고 주알 일러바치기 시작했다.

"달치 거짓말 안 한다. 얼마 전에 부의민이 가자고 졸라 대서 셋이서 다녀왔다. 진짜다."

"그럼요. 아저씨는 거짓말 못 하죠. 워낙 착하시잖아요."

"맞다, 달치 착하다."

비설의 칭찬에 달치는 히죽히죽 웃었다.

그런 둘의 모습을 보며 부의민은 한 손으로 얼굴을 감싸 안았다.

'하아, 그러게 저 자식은 빼고 가자니까.'

달치를 데리고 가자고 했던 환야가 내심 원망스러웠다.

일이 벌어지게 만든 당사자가 정작 이 자리에 없기까지 하니 부의민은 억울하다는 듯 이를 부득부득 갈았다.

부의민은 이 모든 사건을 환야에게 떠넘기기로 마음먹고는 이야기를 꺼냈다.

"그게 어떻게 된 거냐면 사실은 내가 아니라 환야 그 자식이……."

막 말을 꺼내는 순간 장원의 입구로 혁련휘와 환야가 모습을 드러냈다.

거짓말로 모든 걸 떠넘기려던 당사자가 돌아오자 부의민은 그냥 한숨을 푹 내쉬었다.

그가 모든 걸 포기한 듯 고개를 끄덕이며 자조 섞인 말을 내뱉었다.

"네네, 그렇습니다. 제가 범인입니다."

자포자기한 듯한 부의민의 말투에 비설이 그저 웃고 있을 때였다.

장원 내부로 들어선 환야가 빠른 걸음으로 다가왔다. 그가 방 안을 확인하고는 휘둥그레 눈을 뜨고는 물었다.

"왠지 맛있는 냄새가 난다 싶더니만 이게 웬 진수성찬이야?"

"뭐긴 뭐야. 비설이 나간 김에 사 왔데."

"그래?"

환야가 황급히 방 안으로 걸어 들어와 자리에 앉았다. 그리고 그런 그의 뒤편으로 혁련휘 또한 천천히 걸어와 안으로 들어섰다.

비설의 시선이 자연스레 혁련휘에게로 향했다.

안으로 들어선 혁련휘는 곧바로 비설의 옆자리에 와서 앉았다.

혁련휘가 옆에 있는 비설을 바라보며 물었다.

"이 많은 걸 다 사 온 거야?"

"네, 형님."

담담하게 대답하는 비설, 그렇지만 그녀가 사 온 음식들을 바라보던 혁련휘가 이내 이상하다는 듯 물었다.

"그런데 종류가 왜 이래?"

"뭐 문제라도 있으십니까, 대장?"

갑작스러운 혁련휘의 말에 뭐가 문제냐는 듯이 음식을 먹고 있던 환야가 물었다.

먹음직하면서도 싸서 오기 좋은 음식들이 가득한 것 같은데…….

혁련휘가 짧게 말했다.

"만두가 없잖아."

혁련휘의 말에 그제야 상 위에 놓인 많은 음식들에 시선을 줬던 이들은 그런 사실을 알아차릴 수 있었다.

그 무엇보다 만두를 좋아하는 비설이 그걸 빼놓고 음식들을 사 왔다는 사실은 분명 뭔가가 이상했다.

비설이 놀란 듯이 혁련휘를 향해 말했다.

"어…… 대단하시네요. 그걸 어떻게 알아차리셨어요?"

"네가 가장 좋아하는 음식인데 그걸 신경 쓰지 않을 리가 없잖아."

너무도 당연하다는 듯이 말하고 있었지만 그 말에 비설은 잠시 멈칫했다. 결코 간단한 일이 아니라 여긴 탓이다.

그 무엇보다 비설을 먼저 생각하지 않고서야 이토록 빠르게 알아차릴 순 없었을 게다.

이토록 사소한 부분까지 모두 신경 쓴다는 것 자체가 자신에 대한 혁련휘의 마음이 얼마나 깊은지를 말해 주는 것같아 비설은 마음 한편이 따뜻해짐과 동시에 아려 왔다.

비설은 그런 자신의 감정을 빠르게 추스르며 말했다.

"전 여기서 밥 먹을 생각 아니었거든요."

"또 어디 나가려고?"

"네, 맞아요. 그런데요, 형님. 형님도 같이 가셔야겠는데요."

"나도?"

"네, 형님이랑 단둘이 밥 먹고 싶어서요."

그 말을 듣는 순간 환야와 부의민이 동시에 젓가락을 내려놓았다. 그리고 환야가 억울하다는 듯이 말을 꺼냈다.

"뭐야. 그럼 이 음식들은 우리 생각나서 사 온 게 아니라, 떨궈 놓으려고 준비한 거였어?"

억울하다는 듯이 말하는 환야를 향해 비설이 웃으며 말했다.

"그래서 맛있는 걸로 사다 드렸잖아요. 오늘만 좀 참아 줘요, 아저씨."

"어휴, 이거야 원. 오붓한 시간을 망칠 수도 없고 말이야. 에이, 그래 두 분이서 좋은 시간 보내고 오시지요."

환야가 선심 쓴다는 듯 말했다.

대답이 떨어지자 비설이 곧바로 자리에서 일어나 혁련휘의 팔을 잡아당겼다.

그녀가 웃으며 말했다.

"가요, 형님."

비설의 재촉에 혁련휘 또한 자리에서 일어났다.

그녀가 혁련휘의 팔짱을 끼다시피 한 자세로 다른 이들을 향해 인사를 건넸다.

"다들 식사 맛있게 하시고요."

"병 주고 약 주냐? 빨리 가."

귀찮다는 듯 소리치는 부의민을 비설은 가만히 바라봤다.

그뿐만이 아니다. 환야와 달치에게도 잠시 따뜻한 시선을 보내던 비설은 이내 입술을 깨물며 고개를 숙였다.

그러고는 황급히 혁련휘를 끌듯이 방에서 빠져나왔다.

그렇게 혁련휘를 데리고 바깥으로 나온 비설은 그와 나란히 걷기 시작했다.

잠시 말없이 걷기만 하던 중 혁련휘가 입을 열었다.

"어디 생각해 둔 곳이라도 있는 거야?"

"그럼요. 나간 김에 이미 예약까지 해 뒀는걸요."

"그래? 어지간히도 먹고 싶었던 곳인가 보군."

"……아주 오래전부터요."

그렇게 두 사람이 두런두런 대화를 하며 걸은 지 제법 시간이 지난 후였다.

마교의 외성에서도 제법 외딴곳까지 가고서야 비설의 발걸음이 멈췄다.

두 사람의 앞에 있는 건 무척이나 자그마한 객잔이었다.

혁련휘가 의아하다는 듯 물었다.

"여기야?"

"네. 어서 들어가요, 형님."

그녀의 재촉에 이상하다는 생각을 접고 혁련휘는 객잔 안으로 걸어 들어갔다.

그리고 내부에 들어선 혁련휘의 표정은 더욱 이상하게

변했다.

객잔 내부는 텅 비어 있었다.

손님이 하나도 없는 건 이해할 수 있다.

그런데 문제는 자신들을 맞아야 할 점소이도, 음식을 해야 할 주방장도 보이지 않는다는 거다.

단 한 명도 자리하지 않고 있는 객잔 내부의 모습을 보며 혁련휘가 물었다.

"예약했다고 하지 않았어? 그런데 왜 사람이……."

"아, 말씀 안 드렸네요. 제가 예약한 건 음식이 아니라 여기 객잔 건물이었거든요. 이렇게 작아 보여도 하루 통째로 빌리느라 제 전낭 주머니를 탈탈 털어야 했다고요."

비설이 울상을 지어 보이며 말했다.

그렇지만 그런 그녀를 바라보는 혁련휘가 이해가 안 간다는 듯이 고개를 갸웃했다.

굳이 왜 객잔 건물을 빌렸는지 이해가 가지 않아서다.

"식사도 안 했잖아. 그럼 밥은 어떻게 하려고?"

물어 오는 혁련휘를 향해 비설이 뭐 그리 당연한 걸 묻느냐는 듯이 대꾸했다.

"해 주셔야죠."

"……뭐?"

"어? 잊으셨나 보네. 저한테 말씀하셨잖아요. 기회가 되

기로 - 시간을 주세요 129

면 요리해 주시겠다고요."

비설의 그 말에 혁련휘는 오래전에 자신이 했던 말이 떠올랐다.

당시에도 그런 말을 스스로 하고도 당황했던 혁련휘다.

그렇지만 스스로에게 그럴 상황이 쉽게 찾아올 리가 없다 여기며 기억 한쪽으로 밀어 놨던 약속.

그걸 비설이 기억하고 있었던 것이다.

그제야 혁련휘는 비설이 객잔만 통째로 빌린 이유를 알수 있었다. 객잔에는 음식을 할 수 있는 주방이 있었으니까.

비설이 당황한 듯 가만히 서 있는 혁련휘를 등 뒤에서 살짝 밀면서 주방 쪽으로 안내했다.

그녀에게 떠밀리다시피 들어선 주방.

그리고 주방에는 미리 약속이 되어 있었는지 여러 가지 재료들이 준비되어져 있었다.

재료들을 말없이 바라보고 있는 혁련휘의 옆에서 비설이 웃는 얼굴로 말을 이었다.

"보시는 것처럼 갖가지 재료들이 다 준비되어 있으니 하실 수 있는 걸로 해 주시면 됩니다, 형님."

"……꼭 먹어야겠어?"

"그럼요. 이 날을 얼마나 기다렸는데요."

절대 물러서지 않겠다는 듯 말하는 비설의 모습에 혁련휘는 곤란하다는 듯 뒷목을 어루만졌다.

비설에게 요리를 해 주는 게 싫어서가 아니다.

그때 비설에게도 말했듯이 혁련휘의 요리 실력은 형편없었다. 그 먹성 좋은 달치조차도 기겁할 정도의 요리 실력. 그런 요리를 해 주기에 뭔가 마음이 불편한 것이다.

어떻게 빠져나가야 하나 고민하던 혁련휘가 문득 방금 전에 걸어오며 한 대화가 생각났는지 물었다.

"그럼 네가 아주 오래전부터 먹고 싶다던 음식이……."

"네, 맞아요. 형님이 만들어 주시겠다 하셨던 음식이요. 아주 오래전부터 그게 먹고 싶었거든요."

비설의 대답을 들은 혁련휘가 짧게 한숨을 내쉬었다.

상황이 이렇게까지 왔으니 더는 빼기도 뭐했다.

혁련휘가 놓여 있는 주방용 칼을 들어 올리며 쌓여 있는 식자재들을 향해 다가갔다.

그가 큼직한 배추 하나를 앞에 내려놓고는 말했다.

"맛은 보장 못 한다."

"그래도 먹을 순 있겠죠."

"……글쎄."

과연 그럴까 하는 표정을 지어 보인 혁련휘가 어설픈 칼질을 하기 시작했다.

그러고는 이내 준비되어져 있는 아궁이에 불을 지폈다.

지핀 불 위에 있는 커다란 솥에 갖가지 야채를 먼저 넣고 볶던 혁련휘는 이내 고기를 그 안에 큼직하게 털어 넣었다.

그러고는 다시금 칼을 잡고 야채들을 다지기를 반복했다.

칼을 능숙하게 다루는 혁련휘였지만 주방에서의 칼질은 무척이나 어설퍼 보였다.

그렇게 홀로 뜨거운 불과 씨름을 하며 뭔가에 열중하고 있는 혁련휘의 모습을 비설은 옆에 앉은 채로 물끄러미 바라보고 있었다.

뜨거운 불 앞에서 땀을 닦아 내는 혁련휘의 모습을 바라보며 비설은 앞에 내려놓은 자신의 양팔에 천천히 기대듯 엎드려 그를 올려다봤다.

혁련휘를 바라보고 있던 비설이 슬그머니 미소를 지어 보였다.

'형님, 어쩌죠. 이렇게나 형님이 좋은데.'

탕탕탕.

도마를 두드리는 경쾌한 소리를 들으며 비설은 슬그머니 눈을 감았다.

눈을 감았는데도 불구하고 혁련휘의 모습이 아른거린다. 이미 마음 깊이 와서 박혀 버린 그의 얼굴을 지우려고 해 봐도 지울 수가 없다.

　'……죄송해요, 형님.'

　눈을 감은 비설은 자신의 입술을 지그시 깨물었다.

　오늘 그녀는 혁련휘에게 이별을 고하고자 한다.

5장. 이별

— 포기하지 않으려고요

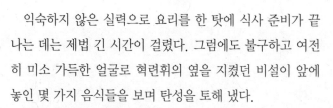

　익숙하지 않은 실력으로 요리를 한 탓에 식사 준비가 끝
나는 데는 제법 긴 시간이 걸렸다. 그럼에도 불구하고 여전
히 미소 가득한 얼굴로 혁련휘의 옆을 지켰던 비설이 앞에
놓인 몇 가지 음식들을 보며 탄성을 토해 냈다.

　"냄새는 좋은데요?"

　"……냄새라도 좋아야지."

　비설의 칭찬에 혁련휘가 어색하게 대답했다.

　자신 없는 요리 실력으로 마련한 음식은 네 개가 전부였
다.

　돼지고기볶음과 야채 조림, 얼추 흉내만 내 본 소면. 그

리고 마지막으로 비설이 너무나 좋아하는 고기만두까지.

비설과 맞은편에 위치한 의자에 앉은 혁련휘의 표정은 무척이나 불편해 보였다.

사실 지금 탁자 위에 놓여 있는 음식 중에 자신이 있는 건 하나도 없었지만 특히나 신경 쓰이는 건 다름 아닌 만두였다.

비설이 워낙 좋아하는 음식이기에 애써 해 보긴 했지만 그 모양도 모두 제각각에 형태도 엉망이었다.

여기저기가 터져 버려 만두 안에 넣어 두었던 다진 야채와 고기들이 흘러나올 정도다.

그런 만두를 보고 있자니 혁련휘는 이곳이 가시방석처럼 느껴졌다.

그렇게 자신이 만든 요리들을 불만스레 내려다보는 혁련휘와 달리 눈을 빛내며 젓가락을 들어 올린 비설이 입을 열었다.

"그럼 뭐부터 먹어 볼까."

그녀의 선택은 소면이었다.

그 이유는 간단했다.

처음 모습을 드러낼 때부터 완전히 불어 터져 있었기 때문이다.

가뜩이나 지금도 이렇게 불어 있는데 더 시간을 들여서

는 안 된다 여겼던 비설이 소면 몇 가닥을 입 안으로 빨아
들였다.

소면을 조용히 씹어 먹는 비설을 바라보던 혁련휘가 조
심스레 입을 열었다.

"어때?"

"……많이 불었네요."

"그럼 그거 말고 다른 거 먹어 봐."

말을 마친 혁련휘는 그나마 자신 있는 돼지고기볶음과
야채 조림을 들이밀었다.

딱히 망치기 어려운 음식들.

그렇지만 신기하게도 그 두 가지 음식 모두 간이 엉망이
었다.

돼지고기볶음은 무척이나 싱거웠고, 야채 조림은 소금을
얼마나 넣었는지 무척이나 짰다.

비설은 이런 상황이 너무나 재밌었는지 혀를 내민 채로
부채질을 하며 웃음을 터트렸다.

"형님! 너무 짜요."

비설의 말에 혁련휘가 옆에 준비해 두었던 찻물을 급히
그녀에게 건넸다. 그러고는 평소와는 다른 한층 주눅이 든
목소리로 작게 중얼거렸다.

"그러게 자신 없다고 했잖아."

중얼거리는 혁련휘의 모습을 보며 비설은 뭐가 그리도 좋은지 웃고만 있었다.

그리고 이내 비설의 시선이 마지막 남은 음식인 고기만 두로 향했다.

그녀가 만두를 향해 손을 뻗으려 하자 혁련휘가 황급히 말했다.

"그냥 내가 괜찮은 음식들로 사 올게."

말과 함께 자리에서 일어나려는 혁련휘를 황급히 비설이 제지했다. 그를 붙잡은 비설이 혁련휘에게 말했다.

"오늘은 형님 음식만 먹을 거라고요."

"그래도 이건……."

말을 하는 혁련휘가 미간을 찌푸렸다.

가장 신경을 많이 쓴 것이 만두였지만 상태 또한 제일 좋지 못했다. 당연히 맛 또한 좋지 못할 거라 여긴 것이다.

혁련휘를 향해 비설이 말했다.

"괜찮아요, 형님. 전 맛있는 음식이 먹고 싶은 게 아니라 형님이 절 위해 해 주신 음식이 먹고 싶은 거니까요."

비설의 말에 혁련휘는 맘대로 하라는 듯이 결국 그대로 자리에 앉은 채로 아무런 행동도 취하지 않았다.

그렇게 그녀가 마지막 남은 만두를 조심스럽게 들어 올리고는 입에 가져다 댄 직후였다.

비설이 눈을 동그랗게 떴다.

"어라? 이거 맛있는데요."

모든 걸 포기한 듯 달관하고 앉아 있던 혁련휘는 예상치 못한 반응에 갑자기 고개를 들이밀며 되물었다.

"맛있다고?"

"네, 생긴 건 조금 엉망이긴 한데…… 맛은 썩 괜찮은데요?"

비설은 그 말이 허언이 아니라는 듯이 연달아 다음 만두를 집어 먹었다. 혁련휘 또한 그런 그녀의 말에 평소에는 손에도 잘 안 대는 기름진 음식인 만두를 집어 맛을 봤다.

스스로가 맛을 확인하고는 혁련휘 또한 놀랍다는 듯이 자신이 만든 만두를 내려다봤다.

혁련휘가 그나마 다행이라는 듯 짧게 말했다.

"하나 건지긴 했는데…… 나머지가 문제군."

그런 혁련휘의 중얼거림에 비설이 뭐가 걱정이냐는 듯이 주방으로 들어가 커다란 접시 하나를 들고 와서는 탁자 가운데에 올렸다.

그러고는 돼지고기볶음과 야채 조림을 한 곳에 쏟아 붓고는 그것들끼리 간을 맞출 수 있게 섞기 시작했다. 그렇게 간단한 처치가 끝난 음식을 다시금 집어 먹은 비설이 이내 고개를 끄덕였다.

"그나마 이제 먹을 만하네요."

짠 음식과 싱거운 음식이 합쳐지니 그나마 간이 맞아떨어졌다.

더군다나 돼지고기볶음과 야채 조림이니 섞는다고 해도 크게 문제가 되지 않을 음식들이었다.

돼지고기볶음에 야채를 넣었다 생각하면 될 일이었으니 말이다.

음식의 처리가 끝난 그녀는 이내 옆 탁자에 자리하고 있는 술병을 가지고 와서 올렸다.

그녀가 웃는 얼굴로 술병의 뚜껑을 따며 말했다.

"이런 자리에 술이 빠질 순 없겠죠?"

웃으며 말하는 그녀를 향해 혁련휘가 고개를 저으며 중얼거렸다.

"아주 작정을 했군그래."

"그럼요. 오늘이 얼마나 기념적인 날인데요. 형님이 저한테 요리를 해 주신 날 아닙니까."

말을 하면서 비설은 혁련휘의 앞에 놓여 있는 잔에 술을 채웠다.

그러고는 곧바로 자신의 잔에도 술을 채우고는 그걸 들어 올렸다.

"그럼 형님 한잔 하시죠."

들뜬 목소리로 말하는 비설의 제안에 혁련휘는 고개를 끄덕이며 마찬가지로 술잔을 들었다. 그러고는 이내 잔에 차 있는 술을 입안에 머금었다.

제법 독한 술이 몇 잔 연거푸 둘 사이를 돌았다.

비설은 웃는 얼굴로 시시콜콜한 이야기들로 대화를 이어 나갔다.

그리고 언제나처럼 혁련휘는 그런 그녀의 말을 묵묵히 들으며 고개를 끄덕이고 있었다.

평소와 전혀 다를 것 없는 모습.

그리고 즐겁다는 듯 웃고 있는 비설의 얼굴까지.

그렇게 한 시진 가까이를 연거푸 술을 마시며 떠들어 대던 비설을 지그시 바라보던 혁련휘가 천천히 입을 열었다.

"언제 이야기할 생각이냐?"

"갑자기 뭘 말입니까?"

취한 듯이 실실 웃고 있던 비설이 물었고, 그 순간 혁련휘의 대답이 돌아왔다.

"나에게 하려는 말이 있지 않느냐."

술에 취한 듯 헤실거리던 비설의 얼굴이 혁련휘의 그 한마디에 딱딱하게 변했다.

그녀는 놀란 얼굴로 혁련휘를 바라봤다.

아무런 말도 하지 않았다.

오늘 하루 종일 그저 자신이 하자는 대로 해 줬기에 생각조차 하지 못했다.

설마 혁련휘가 자신의 생각을 알고 있을 거라고는.

비설이 장난기가 싹 걷힌 얼굴로 똑바로 자리했다. 방금 전까지 취한 듯이 굴었던 행동들은 모두 사라지고 똑바른 자세로 그와 마주하고 있었다.

비설이 물었다.

"……아셨어요?"

"그럼 모를 거라 생각했어?"

말을 마친 혁련휘가 오히려 앞에 놓여 있던 술잔의 술을 입 안에 털어 넣었다.

갑자기 단둘이 식사를 하고 싶다 말할 때부터 뭔가 이상하다는 걸 느꼈다. 며칠 전부터 깊은 고민에 잠겨 있던 비설을 다른 이들도 알았거늘 어찌 혁련휘가 몰랐을까.

그런 와중에 갑작스럽게 단둘이 식사를 하자는 말에 혁련휘는 이미 비설이 자신에게 무엇인가 할 말이 있음을 알아차린 상태였다.

그리고 그 말이 쉽게 하기 어려운 말일 거라는 것도.

그런 걸 알기에 오늘 혁련휘는 비설의 이 모든 갑작스러운 부탁을 들어주려 애썼다.

이미 상대가 어느 정도 짐작하고 있었다는 사실을 전해

들은 비설은 길게 숨을 내뱉었다.

어렵사리 내린 결정, 그리고 그런 자신의 생각을 혁련휘에게 확실히 밝혀야만 했다.

비설이 힘겹게 말을 꺼냈다.

"며칠 전에 사부님을 뵈었어요."

"……그때 말했던 그분?"

"네, 맞아요. 어릴 적부터 부모님처럼 절 돌보아 주신 분이요. 그리고 그분을 통해 제가 속한 세력에 문제가 생겼다는 사실을 전해 들었어요. 존폐가 달린 중요한 일이 말입니다."

비설의 말이 여기까지 흐르자 혁련휘는 말없이 그녀의 다음 이야기를 기다렸다.

그리고 잠시 입술을 깨물고 있던 비설이 이야기를 이어나갔다.

"사부님이 제게 말씀하셨어요. 돌아오라고요."

말이 끝나고 비설은 입을 닫았다.

그리고 그런 그녀의 맞은편에 앉은 혁련휘 또한 아무런 말도 하지 않고 손에 쥔 술잔만을 만지작거렸다.

사실 이런 가정을 생각하지 않았다고 하면 거짓말이리라.

뭔가 어려운 이야기를 꺼내려 할 때부터 예상했던 수많

은 말들 중 하나가 바로 이것이었으니까.

예상했던 것들 중 최악의 상황.

혁련휘는 아무런 말도 하지 않았다.

아니, 아무런 말도 꺼낼 수가 없었다.

입을 열면 그녀가 당장이라도 떠나야 한다 말할 것만 같아서.

그런 혁련휘의 마음을 알아서일까?

힘든 와중에서도 비설이 입을 열었다.

"답은 정했습니다. 그리고 사부님에게 그 뜻도 알렸고요."

사실 선택의 답은 처음부터 정해져 있었다.

애초에 북천회는 비설에겐 버릴 수 없는 것이었으니까.

그랬기에 북천회에 돌아가느냐 마느냐를 고민한다는 것 자체가 우스운 일이었다.

돌아갈 수밖에 없다.

수만 명이 넘는 이들의 목숨과 그들의 희망을 무시할 순 없었으니까.

비설이 다시금 말했다.

"사부님이 저한테 물으셨어요. 제 선택이 무엇이냐고요. 제가 속한 북천회와 형님 중 무엇을 선택하고, 무엇을 포기할지를요."

"……네 대답은?"

되묻고는 있었지만 혁련휘는 이미 대답을 알고 있었다.

북천회일 것이다. 그랬으니 이렇게 힘겹게 자리를 만들었을 테고.

섭섭할지언정 이해는 한다.

개인으로서가 아니라 수만 명의 목숨을 지켜야 하는 이라면 어쩔 수 없는 선택이라는 게 있을 테니까.

그런 혁련휘의 질문에 비설이 고개를 치켜든 채로 목소리에 힘을 주어 말했다.

"아무것도…… 포기하지 않겠다 말했습니다."

비설의 말에 혁련휘가 감고 있던 눈을 떠서 놀란 듯 그녀를 응시했다.

흔들림 없는 비설의 눈동자는 오로지 혁련휘 한 명만을 바라보고 있었다. 그렇게 혁련휘와 마주한 채로 비설이 다시금 말했다.

"두 가지 다 포기 안 하려고요. 북천회도, 형님도요."

"……그게 가능한 일이야?"

"네, 형님이 단 하나만 약속해 주시면요."

"그 약속이 뭔데?"

물어 오는 혁련휘를 향해 비설이 곧바로 대답했다.

"반년이요. 반년만 저에게 시간을 주세요. 그 반년 안에 북천회 접수하고 오겠습니다."

담담하니 말을 내뱉고 있지만 그 내용은 결코 그리 가볍지 않았다.

북천회 내부 정리를 완벽히 끝내고 다시금 돌아오겠다는 선언이다. 그것도 반년이라는 그리 길지 않은 시간 내에.

반년이라는 시간……

물론 싫었다.

하루라도 떨어져 있어도 그리 걱정이 되거늘 그 긴 시간을 헤어져 있는 다는 건 내키지 않는 일이었다.

혁련휘가 입을 열었다.

"네 사부도 그리하라 하더냐."

"사실대로 말하면 사부님은 펄쩍 뛰셨죠. 그게 가능한 일이겠냐고. 그래도 제 결심은 확고했고 그 말도 안 되는 일 반드시 해 보이겠다 말씀드렸어요."

"날 포기하는 게…… 더 편하지 않았겠느냐."

"포기해야 하나 백 번은 넘게 생각했어요. 그런데 아무리 생각해도 안 되겠더라고요."

비설이 웃는 얼굴로 천천히 말을 이었다.

"형님이 다른 여인이랑 혼인하는 상상만 해도 열이 뻗쳐서요."

못 참겠다는 듯 말하는 비설을 지그시 바라보던 혁련휘

가 나지막이 중얼거렸다.

"반년⋯⋯."

"네, 그러니까 그 반년 동안만 혼인하지 마시고 저 기다려 주세요. 반드시 돌아올 테니까요."

비설이 사라진다면 마교의 수많은 이들이 당장이라도 혼인을 하라며 득달같이 혁련휘를 괴롭힐 것이다. 대공자일 때도 이렇거늘 교주의 자리에 오르게 된다면 그런 말들은 더욱 심해질 게 분명했다.

그럴 일들이 벌어질 걸 뻔히 알기에 비설은 이토록 혁련휘에게 정확한 시간을 말하며 그 기간만 버텨 달라 말하고 있었다.

말을 마친 비설이 잠시 머뭇거리다 이내 슬그머니 품에 손을 집어넣더니 무엇인가를 꺼내어 들었다.

그러고는 말없이 앉아 있는 혁련휘를 향해 입을 열었다.

"형님, 손 좀 잠시만 내밀어 주실래요?"

갑작스러운 비설의 말에 혁련휘가 자신의 손을 내밀었을 때다.

그녀가 손바닥 안에 숨겨 두었던 뭔가를 다가오는 그의 손가락에 끼웠다.

혁련휘는 자신의 손가락에 끼워진 뭔가를 확인하고는 놀란 듯 눈을 크게 떴다.

그 정체는 다름 아닌 옥빛을 머금은 한 쌍으로 만들어진 가락지였다.

비설이 어색하니 웃으며 말을 이었다.

"사실 형님한테 제가 받고 싶었는데…… 상황이 상황이니만큼 특별히 제가 드리는 거예요."

손에 딱 맞는 가락지를 보는 순간 혁련휘는 오늘 아침에 있었던 비설의 행동이 갑자기 떠올랐다. 갑자기 다가와 손을 내밀어 보라고 말하고는 깍지를 끼기 무섭게 사라졌던 그녀다.

당시엔 그 의미를 알 수 없었는데 이제는 알 것 같다.

비설은 당시 손가락을 낀 채로 혁련휘의 손가락 두께를 쟀던 모양이다.

혁련휘는 그녀가 끼워 준 가락지를 말없이 어루만졌다.

하고 싶은 말이 참으로 많았다.

위험한 일일 거라는 걸 잘 알기에 걱정도 됐다. 그리고 정말 말한 대로 반년이라는 시간이 흐르고 돌아올 수는 있는 건지도 신경 쓰였다.

허나 그런 수많은 생각들에 대한 대답을 손가락에 끼워진 가락지가 대신하고 있었다.

믿어 달라고.

어떻게든 돌아오겠다고.

혁련휘가 주먹을 불끈 쥐었다.

보내고 싶지 않았지만 보내지 않을 수 없다는 걸 너무도 잘 알았다.

그가 천천히 입을 열었다.

"네 말대로 반년은 기다리지. 그리고 만약 그 시간이 지나면······."

말이 이어지자 비설은 그저 고개를 숙였다.

마교 지존의 자리에 오를 사내, 그런 그에게 혼인을 해야 한다는 목소리가 얼마나 클지 너무도 잘 알고 있다.

그랬기에 그 시간이 지나서도 계속해서 기다려 달라 말하지 못한 것이다.

그리고 그런 그녀를 향해 혁련휘의 말이 이어졌다.

"그땐 내가 찾아갈 거야. 그 이상은 나도 못 기다리거든."

생각지도 못한 혁련휘의 말에 비설이 놀란 듯 그를 바라봤다.

놀란 듯 자신을 바라보는 비설을 향해 손을 뻗은 혁련휘가 그녀의 얼굴을 손바닥으로 감싼 채로 차분히 말을 이었다.

"조금 늦더라도 괜찮아. 그러니까 다치지만 말고 돌아와."

"······네, 형님."

자신의 얼굴을 감싸고 있는 혁련휘의 손을 비설이 부드럽게 감싸 안았다.

자신의 볼에 와 닿는 혁련휘의 따뜻한 감촉을 느끼며 비설은 왈칵 눈물을 쏟아 냈다. 사실 말도 안 되는 소리라 여길지도 모른다 여겼다.

떠난다고 말하면서 기다려 달라 하는 것이 염치가 없다고도 생각했으니까.

그렇지만 혁련휘는 그런 그녀의 말에 오히려 늦으면 자신이 찾아가겠다 말하고 있었다.

헤어지는 게 쉽지 않을 터인데도 불구하고 말이다.

비설이 펑펑 눈물을 쏟아 내며 울먹이듯 말했다.

"고마워요, 형님. 기다려 주신다고 해 주셔서."

울고 있는 비설의 눈물을 손가락으로 닦아 주며 혁련휘가 그런 그녀의 말에 대답했다.

"이번만 특별히 봐주는 거야. 떠난다고만 했으면 화를 냈을 텐데…… 기다려 달라 말했으니까. 그래서 봐주는 거야."

기다려 줘서 고맙다고 우는 그녀.

그렇지만 고마운 건 자신이었다.

기다려 달라 말해 줘서.

혁련휘와 비설의 술자리는 생각보다 길어졌다.

원래의 예정대로였다면 늦은 저녁까지 함께 자리하다 비설은 곧바로 스승인 도재하를 만나러 갈 예정이었다.

그렇지만 곧 떠나야 한다는 사실이 못내 아쉬웠는지 비설은 자리를 뜨지 못했다.

아주 조금만 더, 이 한 병만 더 비우고를 반복하던 비설은 결국 술에 취해 탁자에 엎드린 채로 혼절하듯 잠에 빠져 있었다.

일정 수준 이상의 무위를 지닌 무인은 마음만 먹으면 술에 취하지 않는 게 가능하다. 술기운 정도야 내공으로 날려 버리면 그만이니까.

그렇지만 혁련휘나 비설 둘 모두 이 자리에서는 내공을 쓰지 않았고, 마치 취하려는 듯이 술을 들이켰다.

사실 그러지 않고서는 둘 모두 버티기 힘든 마음이었으니까.

떠나려는 비설도, 떠나보내는 혁련휘도 마음이 아렸다. 그렇지만 그런 점을 내색하면 서로가 힘들 거라 여긴 두 사람은 약속이라도 한 것처럼 좋은 분위기를 유지했다.

그렇게 길게 이어지던 술자리에서 마침내 비설이 취해서 엎드리기 무섭게 혁련휘의 표정이 변했다.

가득 쌓여 있는 술병들 사이로 팔을 뻗어 팔베개를 한 채

잠든 그녀의 얼굴은 붉게 달아올라 있었다.

취기 가득한 얼굴, 그런데도 불구하고 뭐가 그리도 좋은지 입가에 살짝 머금은 미소. 그런데 그 미소가 오늘따라 서글퍼 보이는 건 혁련휘 본인의 혼란스러운 마음 때문인 걸까?

스르륵.

자리에서 일어난 혁련휘가 자신이 걸치고 있던 겉옷을 벗어 엎드려 있는 그녀의 등 뒤에 슬며시 올려 주었다.

어깨에 옷이 닿기 무섭게 비설이 잠꼬대를 하며 실실 웃었다.

"형님…… 그건 제 거라고요……."

무슨 꿈을 꾸는지는 몰라도 혁련휘 자신이 나오고 있는 모양이다.

더군다나 입맛까지 다시는 걸 보아하니 뭔가 좋아하는 거라도 먹고 있는 듯싶었다.

그런 그녀의 모습을 보고 있노라니 혁련휘의 마음은 더욱 아파 왔다.

태어나서 처음으로 마음을 준 여인이다.

그런 여인이 자신의 옆을 떠나야 한다 말했다.

'그냥…… 내 옆에 있어 주면 안 되겠더냐.'

술자리 내내 수십 번이고 내뱉고 싶었던 말.

그렇지만 혁련휘는 이 말을 가슴에 담았다. 비설이 자신에게 그 같은 생각을 말한 것은 그래야 할 이유가 있기 때문이다.

더군다나 반년 안에 어떻게든 해내고 돌아오겠다고 말하지 않았던가.

아마도 자신은 생각도 못 할 정도로 많은 고민 끝에 꺼낸 말이리라.

그런 비설의 결단에 자신이 왈가왈부하며 가뜩이나 고민이 많았을 그녀의 마음을 더욱 어지럽히고 싶지 않았다.

피할 수 없는 일이라는 걸 너무나 잘 알기에 혁련휘는 힘들더라도 그녀를 잠시나마 보내 주려 하는 것이다.

선 채로 비설을 내려다보던 혁련휘가 이내 객잔의 입구를 힐끔 바라봤다.

아직 이른 새벽, 바깥에서 밀려드는 밤공기가 차다. 술자리가 이어지면서 덥다며 열어 두었던 문에서 연신 찬바람이 밀려들었다.

혁련휘는 몸을 돌려 객잔의 입구 쪽으로 걸어갔다.

먼 길을 가려 하는 비설에게 조금이나마 더 편안한 휴식을 주고 싶었다.

그리고…… 조금이라도 더 함께 있고 싶었다.

막 문가에 도착해 양손을 뻗던 혁련휘가 갑자기 움직임

을 멈추고 전방을 응시했다.

이른 새벽, 게다가 사람들도 잘 오가지 않는 길목이다.

그런 길목을 따라 걸어오는 한 명의 노인이 눈에 들어왔다.

거리는 멀었지만 혁련휘는 단번에 그자가 범상치 않은 인물이라는 길 느낄 수 있었다. 가벼운 걸음걸이에 담겨 있는 커다란 힘, 그리고 얼굴에서 느껴지는 묘한 고수의 느낌까지.

혁련휘는 다가오는 노인을 가만히 바라봤다.

이 정도의 고수는 마교 내에서도 찾기 쉽지 않다.

그렇지만 노인은 혁련휘에겐 무척이나 낯선 인물이었다.

마교 내에 있는 고수라면 얼굴이라도 알아야 하는데도 불구하고 생면부지의 인물, 거기다가 그 노인의 복장까지 확인한 혁련휘는 금방 정체를 알아차릴 수 있었다.

비설의 스승, 바로 도재하였다.

허리춤에서 달랑거리는 술이 담긴 호리병을 보자 오래전 환영학관에서 비설이 했던 말이 떠오른다.

자신의 스승에게서는 언제나 술 냄새가 난다고 말이다.

그리고 술자리에서 아주 잠깐 도재하의 인상착의에 대해 들었다.

놀리듯 비설이 말했던 도재하의 얼굴 특징이 그대로 드

러나는 노인이었으니 혁련휘는 금세 알아차린 것이다.

혁련휘는 도재하를 발견하고는 오히려 객잔 바깥으로 걸어 나왔다.

그러고는 열려 있던 문을 닫고 천천히 도재하를 향해 다가갔다.

갑자기 객잔에서 나온 혁련휘를 보고 움찔했던 도재하다. 그런데 그가 도리어 자신에게 다가오자 도재하는 잠시 고민에 빠졌다.

'……날 알아본 것 같은데.'

혁련휘와의 마찰은 피해야 할 일이다.

겉보기엔 무척이나 젊은 사내지만 그 안에 담긴 무시무시한 힘을 알고 있으니까.

뛰어난 무공과, 침착함을 지닌 자다.

비설을 통해 수없이 많이 들었던 사내지만 막상 이렇게 대면하는 건 처음이었다. 피해야 하나 고민하던 도재하였지만 자신을 향해 한 치의 흔들림 없이 시선을 고정시키고 다가오는 혁련휘를 보고 있자니 그는 차마 피할 수가 없었다.

둘 사이의 거리가 어느덧 다섯 걸음 정도로 좁혀졌을 때다.

약속이라도 한 것처럼 두 사람은 동시에 발을 멈춘 채로 상대방을 응시했다.

그렇게 잠시 서로의 눈동자를 지그시 바라보던 중 먼저 입을 연 것은 혁련휘였다.

"듣던 그대로시오."

"허허, 어떻게 알아보신 거요?"

"허리춤에 있는 그 호리병. 그 녀석이 자주 말해 주더이다. 술을 엄청나게 좋아한다고."

혁련휘가 슬쩍 눈짓으로 호리병을 가리키며 말했다. 그러자 도재하는 자신의 뒷머리를 긁적거리며 나지막이 중얼거렸다.

"망할 녀석 같으니라고. 사부에 대해 뭐라고 떠들고 다니는 겐지 원."

투덜거리긴 했지만 그 안에는 제자인 비설에 대한 애정이 듬뿍 묻어 나왔다.

그런 도재하의 마음을 느꼈는지 혁련휘의 표정 또한 한결 부드러워졌다.

혁련휘가 가볍게 말을 이었다.

"내가 봐도 그 옷차림에 술병은 안 어울리는 것 같소."

"허허, 마교의 대공자가 보기에도 그리 생각된다니 고민 좀 해 봐야겠구려."

털털한 웃음을 지어 보이며 대답하고는 있었지만 도재하

의 눈동자는 혁련휘의 모든 것들을 훑어보고 있었다.

이 사내가 바로 다음 마교의 교주가 될 사내였으니까.

북천회가 이루고자 하는 정파의 재건에 가장 큰 걸림돌이 될 자다. 그런 그와 마주하게 되었으니 최대한 많은 걸 알아 가고자 하는 것이다.

그렇지만 혁련휘라는 사내는 쉽사리 자신의 속내를 드러내는 인물이 아니었다.

그 탓에 열심히 살펴보곤 있었지만 특별한 뭔가를 알아차릴 순 없었다.

잠시 혁련휘를 살피던 도재하가 물었다.

"그런데 대공자께서는 왜 노부에게 다가온 것이오? 외부엔 보는 눈이 있을 수도 있어 나와 대화를 나누고 있는 걸 누군가가 보면 좋지 않을 것 같은데……."

"그 녀석이 자고 있으니까. 이왕 자는 김에 먼 길을 떠나기 전 조금이라도 더 쉬게 해 주고 싶어서 다가와 말을 건 것이오."

혁련휘의 그 말에 도재하는 잠시 침묵했다.

별거 아닌 듯이 이야기하는 그 말에서조차 비설을 향한 혁련휘의 세심한 배려들이 느껴졌기 때문이다. 이건 단순히 조금 관심이 있는 정도로 할 수 있는 행동이 아니다.

그녀에 대한 깊은 마음, 그런 애절함을 도재하는 느낄 수 있었다.

그녀를 향한 혁련휘의 마음을 직면한 도재하는 속으로 한숨을 내쉬었다.

차라리 가벼운 사이였다면 떨어지게 하는 게 보다 쉬웠을 터인데……

비설도 그렇지만 혁련휘 이 사내 또한 서로에 대한 마음은 진심이다. 그런 둘의 마음을 알게 되니 걱정이 밀려든다.

두 사람의 앞길에 펼쳐질 숱한 가시밭길을 어떻게 헤쳐갈지에 대한 걱정이다.

그렇지만 도재하는 그런 자신의 생각을 거뒀다.

지금은 해야 할 다른 이야기들이 있었으니까.

"뭔가 나에게 하려는 말이 있으신 게요?"

도재하는 혁련휘가 자신에게 무엇인가 할 말이 있음을 알고 있었다.

그렇지 않고서야 굳이 피했어도 될 자신을 보고 이쪽으로 다가왔을 이유가 없었을 테니까.

그런 그의 질문에 혁련휘가 고개를 끄덕이며 입을 열었다.

"하나 경고를 하러 왔소."

"……경고?"

"그렇소."

경고라는 말에 도재하는 슬쩍 인상을 찌푸렸다.

비설이 마음을 준 사내라고는 하지만 상대는 마교의 대공자다.

사실 이렇게 얼굴을 마주하고 대화를 나눌 그런 사이는 아니라는 말이다.

그런 그가 경고를 한다고 하니 기분이 언짢을 수밖에 없었다.

무슨 말을 하려는 걸까?

마교에 반항하지 말라는 경고? 정파에 대한 견제? 그것도 아니라면…… 또 다른 뭔가에 대한 경고를 하려는 걸까?

그런 상황에서 혁련휘가 말을 이었다.

"이거 하나만 명심하시오."

"어디 해 보시오. 한번 들어나 봅시다."

도재하의 목소리에 살짝 가시가 돋는 순간 혁련휘의 입이 슬그머니 열렸다.

차가운 목소리, 그렇지만 분명한 자신의 마음을 담은 한마디가 쏟아져 나왔다.

"저 아이가 어떻게 되는 그 순간…… 당신들이 속한 그 단체가 내 손에 사라지게 될 거라는 것을."

협박이다.

그렇지만 그 협박을 듣는 순간 도재하의 화는 오히려 누그러졌다.

마교의 대공자로서 자신들에 대한 무언의 경고를 날릴 거라 여겼다.

그런데 아니다.

이 상황에서 그가 걱정하는 건 그저 비설의 안위였던 것이다.

같은 협박이지만 비설을 자식처럼 여기는 도재하의 입장으로서는 완전히 다를 수밖에 없었다.

그녀를 걱정하는 건 도재하 또한 마찬가지였으니까.

그만큼 그 말에서 비설이 무사하게 돌아오길 바라는 간절한 바람이 느껴졌으니까.

도재하가 아무런 대답도 하지 못하고 서 있는 그때 혁련휘가 말을 이었다.

"잊지 마시오. 바로 내가 십만이 넘는 무인을 움직일 수 있는 사람이라는 것을. 그러니…… 어떻게든 살려서 데려오시오. 이것은 부탁이 아니오. 협박이오."

이어진 혁련휘의 말을 들으며 도재하는 잠시 앞에 있는 사내에게 잠시 더 시선을 줄 수밖에 없었다.

그렇다.

십수만 명의 무인을 움직일 수 있는 천하의 단 한 사람.

그것이 바로 이 혁련휘다.

혁무조를 대신해 교주에 오를 이 사내가 새로운 마교의 주인이다.

그리고 그런 그가 자신이 딸처럼 아끼는 비설이 마음을 준 상대이기도 하다.

복잡한 마음.

하지만 연달아 대화를 나누면서 하나는 확실해지고 있었다.

이 사내에게도 비설 그 아이가 무척이나 소중하다는 사실을.

어지러운 속내를 감춘 채로 도재하가 장난스럽게 말을 받았다.

"이거야 원. 살다 보니 마교의 교주가 될 사람에게 협박을 다 듣게 되는구려. 절대 들어줄 생각이 없었는데…… 어쩌다 보니 이번 협박은 듣지 않을 수 없겠소이다. 나에게도 그 아이는 무척이나 소중한 아이니까. 그러니 걱정하지 마시오. 설령 내가 죽는다 할지언정 지킬 것이외다."

죽더라도 지키겠다는 도재하의 말에 혁련휘가 양손을 모으며 포권을 취하며 말했다.

"고맙소."

그런 그의 모습에 도재하는 깜짝 놀라지 않을 수 없었다.

'그 누구에게도 굽힐 줄 모르는 사내라 들었거늘…….'

혁련휘에 대한 많은 정보를 가지고 있다.

그랬기에 너무나 잘 알고 있었다. 혁련휘라는 이자가 남에게 쉽사리 굽히지 않는 사내라는 것을.

그런 그가 먼저 예를 갖추며 자신에게 고맙다 말하고 있었다.

별거 아닐지도 모르겠지만 혁련휘를 아는 이라면 쉽사리 보기 힘든 행동이라는 걸 단번에 느꼈을 것이다.

그런 사내가 이렇게 먼저 예를 갖추는 이유는 그저 하나다.

비설, 그녀 때문이다.

다른 모든 것에는 일절 굽힐 줄 모르는 사내가, 자신이 연정을 품은 여인을 위해서 이런 모습을 보이고 있었다.

다른 자도 아닌 장차 마교의 교주가 될 사내의 고맙다는 말이 이상할 정도로 도재하에게 와 닿았다.

이런 인연으로 만날 거라고는 생각도 못 했거늘…… 적이라고만 생각해 왔던 마교의 대공자에게 지금 이 순간만큼은 묘한 동질감마저 느껴지고 있었다.

한 여인을 아낀다는 공통점 때문에 말이다.

'……네가 왜 이 사내에게 빠졌는지 조금은 알 것도 같

구나.'

매력적이다.

아주 잠시 이야기를 나눠 봤을 뿐이거늘 묵직하고 차가워 보이는 말투 속에서 느껴지는 그 배려가, 또 풍겨져 오는 사내다운 기색이 같은 남자인 자신이 봐도 혹할 정도로 눈이 간다.

이런 사내였기에 비설 그 아이가 그토록 옆을 떠나고 싶지 않아 했다는 걸 느낄 수 있었다.

도재하가 혁련휘라는 사내에 대해 잠시나마 감탄하고 있을 그때 포권을 풀며 그가 물었다.

"그런데 지금 오신 이유는 비설 그 아이를 데려가려고 오신 거요?"

"아니오. 밤에는 오겠다던 아이가 오지 않기에 걱정이 돼서 잠시 온 것뿐이외다. 원래 정해진 일정으로는 오후에나 마교를 떠날 예정이오."

"그 말은 아직 보내지 않아도 된다는 소리요?"

"뭐 아직은 여유가 있소."

"그럼 조금 더 쉬게 해 주고 싶은데…… 괜찮겠소?"

혁련휘의 질문에 도재하는 고개를 끄덕였다.

이미 비설과 일정에 대한 약속은 끝난 상황이고, 그전까지는 자신 또한 전혀 간섭할 마음이 없었다.

도재하의 답변을 들은 혁련휘의 표정이 한결 풀렸다.

헤어지기 아쉬워 조금이라도 더 붙어 있고 싶었던 건 비단 비설뿐만이 아니었다. 혁련휘 또한 조금이라도 더 그녀와 함께하고 싶었다.

지금 떠나면 언제 볼 수 있을지 장담할 수 없는 상황.

떠나보내는 게 니무나 아쉬웠으니까.

혁련휘를 향해 도재하가 먼저 인사를 건넸다.

"그럼 이만 물러가겠소."

말을 마친 그가 몸을 돌려 왔던 길로 되돌아 걸어가기 시작했고, 마찬가지로 혁련휘 또한 비설이 잠들어 있는 객잔을 향해 움직였다.

객잔의 입구에 도착한 혁련휘는 소리가 나지 않게 문을 열고는 조심스레 안으로 걸어 들어갔다. 여전히 비설은 탁자 위에 엎어진 채로 술에 취해 깊이 잠들어 있었다.

혁련휘는 그녀가 깨지 않도록 자기가 자리하고 있던 의자로 소리 없이 다가가 앉았다.

쌔쌔거리는 숨소리만이 가득한 객잔 안.

그 객잔 안에서 혁련휘는 말없이 그녀를 바라보았다.

자그마한 덩치.

그렇지만 저런 조그마한 몸으로 비설은 언제나 혁련휘에게 커다란 힘이 되어 줬다.

수많은 일들을 해냈고, 그 덕분에 혁련휘는 지금 이곳까지 올 수 있었다.

그녀의 강함을 믿는다.

돌아올 거라는 약속을 지키기 위해 동분서주할 거라는 것도 안다.

그 모든 걸 알지만…… 그래도 이 아이를 떠나보낸다는 것이 못내 마음이 아려 온다.

여전히 붉어진 얼굴로 잠에 빠져 있는 비설을 바라보며 혁련휘가 자신의 주먹을 꽉 움켜쥐었다.

'기다리마…… 아무리 긴 시간이라 해도.'

혁련휘가 지그시 눈을 감았다.

*   *   *

시간이 흘렀다.

창문을 통해 밀려 들어오기 시작한 햇살이 조금씩 더 강하게 모습을 드러낼 무렵.

술에 취해 엎어져 있던 비설이 부스스한 얼굴로 고개를 들었다.

눈을 뜨기 무섭게 그녀의 눈에 들어온 것은 의자에 앉아 팔짱을 낀 채로 잠들어 있는 혁련휘의 모습이었다.

그의 모습을 보자 그제야 비설은 정신이 확 하고 돌아왔다.

'형님.'

비설은 똑바로 앉은 채로 자고 있는 혁련휘를 응시했다.

이 얼굴을 가슴에 담고 싶었다.

오랫동안 보지 못할 얼굴, 그렇기에 조금이나마 더 오래 그의 얼굴을 보고 있었다.

한참을 그렇게 멍하니 혁련휘를 바라보던 비설이 슬그머니 자리에서 일어났다.

창을 통해 들어오는 햇살만으로 이미 시간이 촉박하다는 것 정도는 알 수 있었다.

떠나야 할 시간, 이제 이별의 인사를 해야만 했다.

혁련휘의 목소리를 듣고, 그의 눈동자와 마주하고 싶었다. 그렇지만 비설은 그러지 못했다.

혁련휘가 눈을 뜬다면 이곳에서 한 발자국도 움직이지 못할지도 모른다는 사실을 알았기 때문이다.

'이별의 인사는 짧은 게 좋겠지요.'

하고 싶은 수많은 말보다 행동 하나로.

비설은 팔짱을 낀 채로 잠에 빠져 있는 혁련휘의 입가에 슬그머니 자신의 입술을 가져다 댔다.

짧은 입맞춤, 그렇지만 긴 여운이 담긴 인사를 뒤로한 채로 비설이 슬그머니 입을 뗐다. 그러고는 여전히 잠들어 있는 혁련휘를 향해 쉽게 듣기 어려울 정도의 자그마한 목소리로 속삭였다.

"다녀올게요, 형님."

말을 마친 비설은 힘겹게 고개를 숙인 채로 자리를 박차고 객잔을 걸어 나갔다.

끼이익.

잠시나마 열렸던 문틈으로 밀려들었던 햇살이, 그녀가 사라지는 것과 함께 모습을 감췄다.

그리고 그 순간…….

감겨져 있던 혁련휘의 눈이 떠졌다.

애초부터 혁련휘는 자고 있지 않았으니까.

혁련휘가 자리에서 일어나 조용히 객잔의 창가로 향했다.

이미 멀어져 가는 비설의 뒷모습이 어렴풋이 모습을 보이고 있다.

멀어져 가는 그녀를 아련한 눈빛으로 바라보던 혁련휘가 천천히 입을 열었다.

"……조심히 다녀오거라."

6장. 새외 전쟁

— 그럴 이유가 없어졌으니까

주변은 핏빛으로 가득했다.

쏟아져 내리는 피의 역한 냄새가 코를 찌르고 들어온다.

사람들의 울음소리, 괴로움에 가득 찬 비명 소리가 귓가를 연신 두드렸다.

시체들이 가득 쌓여 있는 길목 위를 이와 전혀 어울릴 것 같지 않은 새하얀 옷차림의 여인 하나가 걷고 있었다.

여인의 정체는 다름 아닌 유영인. 환야와 자하도에서 함께 자라 온 그녀였다.

신도율의 명을 받고 새외로 나왔던 그녀가 도착해 있는 곳은 다름 아닌 남만이었다.

남만에 도착한 지 어언 열흘 정도.

그동안 유영인은 많은 일들을 해냈다.

그녀는 아직까지 내전이 끝나지 않은 남만 지역의 마지막 정리를 도왔다.

덕분에 남만 내에서 일어났던 분쟁은 이미 끝자락에 와 있는 상황이었다.

남만의 패자인 남만야수궁과 신진 세력인 흑령곡(黑靈谷)의 대결.

처음 이 싸움이 벌어질 때 사람들은 결과가 이미 정해져 있다 떠들어 댔다.

흑령곡이 제아무리 빠르게 성장한 세력이라고는 하나 남만야수궁에 비한다면 너무나 약한 이들이었으니까.

허나 그런 사람들의 이야기는 틀렸다.

흑령곡이 남만야수궁에 비해 모자랐다고는 하나 그들은 뛰어난 전략으로 전면전을 피하며 연신 남만야수궁을 괴롭혔다.

더군다나 남만야수궁은 마교와도 계속해서 싸우고 있던 상황.

모든 병력을 이쪽으로 쏟을 수 없었다. 그걸 이용해 오랫동안 유지해져 오던 싸움.

그리고 그 싸움의 종지부를 찍은 것이 바로 유영인과 고경천이었다.

둘은 비밀리에 새외에 온 후, 미리 준비시켜 두었던 무인들을 이끌고 남만야수궁과 흑령곡의 싸움에 개입했다.

너무도 뛰어난 무공을 지닌 이들의 갑작스러운 등장은 흑령곡의 계산을 어긋나게 만들었고, 결국 그 오랫동안 버텨 오던 그들이 최후를 맞이한 것이다.

그들의 최후의 거점이었던 번저구라는 곳을 무너트리며 이 남만의 긴 내전은 끝을 알렸다.

그 선두에서 수많은 이들을 베어 넘겼던 유영인, 그렇지만 높은 곳에 서서 전쟁터를 내려다보는 그녀의 표정은 그리 좋지 못했다.

그녀의 시선이 가는 곳마다 울고 있는 수많은 어린아이들의 모습이 보였다.

부모를 잃은 아이들은 그 시체를 끌어안고 울음을 터트렸고, 남만야수궁의 무인들은 그런 아이들마저도 짓밟으며 끌고 가고 있었다.

피가 가득한 전장의 한가운데.

그곳에서 피해자는 언제나 힘없는 자였다.

그리고 그건 지금도 마찬가지였다.

그 모습을 내려다보고 있던 유영인은 자신도 모르는 사이에 주먹을 강하게 움켜쥐고 있었다.

화가 치밀었다.

자신이 신도율의 아래로 들어가게 된 이유가 무엇인가.

그가 만드는 새로운 세상이 어린아이들을 지킬 수 있는 힘이 있는 곳이길 바랐다.

물론 환야에게 말했던 것처럼 그러기 위해서 어느 정도의 피해는 감수해야 한다 여겼다.

그렇지만 지금 이건 이미 끝난 싸움이다.

그런 싸움에서 어린아이들을 힘으로 끌고 가는 모습을 보고 있자니 더는 참기 어려웠다.

막 몸을 돌려 아래로 내려가려는 그녀를 막아선 건 함께 온 고경천이었다.

"무서운 표정을 하고 어딜 가려는 거야?"

"아래 못 봤어? 이미 싸움은 끝났어. 그런데 굳이 어린 아이들을 저렇게 막 대할 필요는……."

"쯧, 또 그 소리냐?"

고경천이 짜증 난다는 듯 말했고, 그런 그를 잠시 노려보던 유영인은 자신의 갈 길을 가기 위해 걸음을 옮겼다.

그렇게 막 두 사람이 스쳐 지나가려는 순간 고경천의 손이 그녀의 손목을 움켜잡았다.

유영인이 매섭게 노려보며 말했다.

"뭐하는 거야?"

"그냥 놔두면 사고 치려는 거잖아 지금."

"그럼 저 아이들을 저대로 놔두자고?"

화가 난 유영인의 목소리에 고경천이 곧바로 받아쳤다.

"놔두지 않으면 어쩔 건데? 지금 가서 구해라도 주겠다고? 그래, 그렇게 한다 치자. 그럼 그 이후에는? 그 이후에는 어떻게 할 건데. 네가 저 아이들을 모두 데리고 가서 키우기라도 할 거야? 그럼 저 아이들은 잘도 좋아하겠네. 자기 부모를 죽이던 패거리의 수장과 하하거리며 행복하게 잘 살겠어. 그렇지?"

"지금 비꼬는 거야?"

"왜 내 말이 틀려? 여기까지 와서 지금 남만야수궁과 싸움이라도 벌이겠다는 거야 뭐야. 그런 얄팍한 동정심 때문에 대의를 그르치겠다고? 만약에 남만야수궁과 무슨 일이 벌어져 동맹 관계가 깨지면 어떻게 되는지 알아? 남만을 잃어. 그럼 우리의 계획도 더욱 힘들어질 테고."

"……알고 있어."

"그래, 그럼 말하기 편하겠네. 제발 그냥 나대지 말고 있어. 정 보기 힘들면 눈 꽉 감고 보지를 말든가. 하여튼 다 된 밥에 재라도 뿌리기만 해. 절대로 그냥 두진 않을 테니까."

고경천의 공격적인 말투에도 유영인은 아무런 대답을 하

지 못했다.

그의 말이 사실이었으니까.

여기까지 오는 데 몇 년의 시간이 걸렸다. 그런 노력 끝에 얻은 성과.

그리고 이 일을 시점으로 해서 자신들의 움직임이 본격화될 것이다.

그런 상황에서 남만야수궁과의 사이가 틀어진다면……
계획이 모두 수포로 돌아갈지도 모른다.

유영인은 애써 마음을 독하게 먹었다.

'참아야 해. 대를 위해 조금의 희생은 감수해야 한다 마음먹었잖아? 여기서 흔들리면 여태까지의 모든 것들이 아무 의미가 없어져.'

환야에게까지도 큰소리쳤던 자신이다.

피해를 감수하고서라도 새로운 세상을 만들어야 한다고.

그런 자신이 옳다고 소리쳤다. 그렇지만 그녀가 이곳 새외에서 봐 온 세상은 분명 그녀가 꿈꿔 오던 것과는 많이 달랐다.

싸움이 있는 곳에서 자신처럼 불쌍한 아이들만 오히려 늘어 가는 걸 직접 봐야만 했다.

유영인은 세뇌라도 하려는 듯이 스스로에게 계속해서 주문을 걸었다.

이것은 그저 과정일 뿐이라고.

이런 지옥이 지나쳐 가면 분명 자신 같이 불쌍한 아이가 없는, 모두가 행복하게 살 수 있는 세상이 올 거라고 말이다.

결국 질끈 눈을 감은 유영인이 입을 열었다.

"……알았어. 난 들어가서 쉴 테니 뒷일 부탁해."

"그러든지."

퉁명스레 말하는 고경천을 뒤로한 채로 유영인은 자신의 거처를 향해 몸을 돌렸다.

들려오는 어린아이들의 비명 소리, 그렇지만 그녀는 애써 눈을 감고 귀를 막으며 그 모든 걸 외면했다. 자신이 꿈꾸는 새로운 세상을 위해서는…… 그래야만 한다고 생각했다.

멀어져 가는 유영인을 바라보던 고경천이 자그마한 목소리로 중얼거렸다.

"재수 없게 착한 척은. 어차피 너나 나나 똑같은 괴물이야. 알아?"

세상을 바꾸고 싶다는 장대한 꿈을 가지고 신도율의 아래로 들어간 유영인과 고경천은 달랐다. 중원의 강한 자들과 싸우고 싶었고, 더욱 좋은 인생을 살고 싶었다.

그랬기에 신도율의 아래로 들어가 자하도에서 함께 이곳

중원으로 나섰다.

그런 그였기에 괴로워하는 유영인의 모습을 보며 코웃음을 치고는 이내 짧은 한숨을 내쉬었다.

"후우. 슬슬 끝나긴 했는데 말이야."

신도율이 시켰던 모든 일들을 끝마쳤다.

이미 새외의 가장 커다란 세력 네 개 중 무려 세 개와 비밀리에 동맹을 맺고, 요직에 자신들의 사람이 앉아 있는 상황이다.

한 마디로 그들 또한 이미 반 정도 신도율의 손아귀에 들어간 것과 다름없었다.

오래전부터 치밀하게 심어 둔 이들을 통해 천천히 서로 간의 이익에 따라 손을 잡은 것이다.

새외의 네 세력 중 유일하게 북해빙궁만이 자신들과 뜻을 달리하고 있다.

그 말은 곧 북해빙궁이 있는 쪽을 제하고는 완벽하게 새외를 하나로 움직일 수 있다 해도 과언이 아닌데……

지도를 펼쳐 보던 고경천의 눈동자가 한 곳에 이르러 잠시 멈추어 섰다.

다름 아닌 서역, 바로 그곳이다.

서역의 절반.

동맹군의 하나인 포달랍궁의 힘이 닿지 않는 곳에 위치

한 이곳까지는 어떻게 하지 못한 게 이상하게 눈에 걸린다.

사사혈교를 비롯하여 수많은 세력들이 존재하는 이곳을 도저히 시간 내에 손에 넣을 수가 없었다. 이 모든 것이 그날의 일 때문이다.

고경천은 우치에게 들었던 이름을 끄집어냈다.

'비설이라고 했던가?'

가짜 소교주의 인피면구를 벗겨 내기 위한 비설의 일대 백의 전투.

당시 그곳으로 향했던 병력인 혈갑도수대는 남은 서역의 반쪽 지역을 집어삼킬 교두보 역할을 해야만 하는 자들이었다.

그런 그들이 무너지면서 사사혈교는 내부를 다질 시간을 가질 수 있었고, 지금 와서 새로운 병력을 그쪽으로 투입하려 한다면 도리어 대공자 측에 자신들이 노출될 위험이 있었다.

마교의 감시에 걸리지 않고 그들을 손에 넣기 위해 이토록 긴 시간을 보냈다.

그런데 지금 와서 그 반쪽짜리 땅 때문에 새로운 병력을 움직여 자신들의 존재를 드러낼 바에야 그곳을 포기하는 게 옳다.

그 사실이 못내 아쉽긴 했지만⋯⋯

'뭐, 이 정도로 무슨 문제가 생기지는 않겠지.'

고경천이 지도에 표시된 서역을 바라보던 시선을 거뒀다.

어차피 이건 사전에 신도율에게 명령받은 부분이다. 그는 괜한 욕심으로 자신들을 드러내지 말고 차라리 깨끗하게 포기하라 말했다.

그리고 그런 신도율의 생각에 고경천 또한 동감했다.

큰 땅이고 많은 새외 세력들이 존재하는 곳이지만 새외를 대표하는 세력이 있는 곳은 아니다. 지리적인 요충지이긴 하지만 공격을 가할 자신들에게 위협적인 부분은 전혀 아니었다.

고경천은 준비된 서찰 한 장을 든 채로 발걸음을 돌렸다.

아마도 신도율은 자신의 연락을 목이 빠져라 기다리고 있을 것이다.

손을 들어 올리자 기다렸다는 듯 나무 위에 있던 전서구한 마리가 날아와 그의 손등에 앉았다.

고경천은 곧바로 서찰 하나를 전서구의 다리에 묶고는 그대로 하늘을 향해 날려 보냈다.

푸드득.

힘찬 날갯짓과 함께 날아오른 전서구가 바람과도 같이 고경천에게서 멀어져만 갔다.

하늘을 올려다보던 고경천의 입가에 슬그머니 미소가 걸렸다.

잔인해 보이는 눈동자에 섬뜩한 살기가 번뜩였다.

그가 빈 허공을 향해 혼잣말처럼 중얼거렸다.

"……새외는 준비 끝났습니다."

모든 준비는 이미 끝이 났다. 그리고 신도율에게서 연락이 오는 그 순간…… 그동안 조금씩 중원의 땅을 건드려 대던 새외 세력들이 약속이라도 한 것처럼 동시에 밀려들 것이다.

제아무리 마교라 할지라도 새외를 대표하는 세 개의 세력이 동시다발적으로 밀고 들어가는 걸 지금 파견되어 있는 무인들만으로 막는 건 무리일 터.

그렇게 새외가 움직이는 그날, 천하는 피에 잠기게 될 것이다.

정사대전이 끝난 지 어언 이십여 년.

새로운 전쟁이 시작되려 하고 있었다.

*   *   *

비설이 떠났다.

그 사실을 알게 된 일행들의 반응 또한 각양각색이었다.

환야는 혁련휘의 눈치를 살폈고 달치는 툭하면 그녀가 보고 싶다고 칭얼댔다.

부의민은 인사도 안 하고 갔다며 불만스레 말하긴 하지만 내심 비설이 없으니 무척이나 쓸쓸해 보이는 눈치였다.

동요하는 셋에 비해 혁련휘는 평소와 전혀 다를 게 없었다.

아니, 없어 보였다.

'부쩍 말수가 없으시군.'

턱을 괸 채로 창밖을 바라보고 있는 혁련휘를 곁눈질하던 환야가 괜히 헛기침을 하며 그에게 말을 걸었다.

"대장, 식사하셔야죠."

"······시간이 그렇게 됐나?"

계속해서 바깥을 보고 있었으니 해가 지는 것을 알았을 법도 하건만 혁련휘는 전혀 모르는 눈치였다. 아마 바깥을 보면서 떠나간 비설에 대해 생각하고 있었던 모양이다.

떠난 지 고작 삼 일.

그렇지만 혁련휘에겐 그 시간이 무척이나 길고 지루하게 느껴지고 있었다.

환야가 자신의 배를 어루만지며 괜스레 더 장난스럽게 말했다.

"오늘도 종일 감시하다 오는 바람에 제대로 밥 한 끼 못

먹었습니다. 어서 가셔서 식사부터…….”

그런 환야의 말을 자르며 혁련휘가 말했다.

“식사는 잠시 뒤로하고 우선 다른 애들한테 가서 전해. 조만간 거처를 옮길 생각이니 짐들 챙기라고.”

혁련휘의 의외의 말에 환야가 눈을 크게 뜬 채로 되물었다.

“드디어 거처를 옮기실 생각이십니까?”

“응, 더는…… 이곳에 있을 필요가 없어졌으니까.”

대공자가 머물기엔 너무나 조그맣던 장원.

예전부터 바꿀 수 있었다.

그럼에도 불구하고 혁련휘가 굳이 이곳을 고집했던 건 연무장과의 거리를 비롯해 여러 가지 이유가 있었겠지만 개중에 가장 큰 이유는 역시나 비설 때문이었다.

말은 하지 않았지만 그녀와 함께할 수 있는 게 좋았으니까.

그런 연유로 이 조그마한 장원에서 지냈지만 비설이 사라졌으니 더는 그럴 필요가 없었다.

그리고 곧 있을 교주의 취임식.

그날 이후부터 혁련휘는 대공자가 아닌 교주로 마교에 우뚝 서야 했다. 그런 자신의 거처가 이런 조그마한 장원일 수는 없었다.

"알겠습니다. 그런데 교주전에 드시지 않고 새로운 거처를 꾸미실 생각이십니까?"

"그곳엔 그자가 있잖아. 괜히 나이 먹은 사람보고 거처를 옮기라 마라 할 바엔 그냥 나한테 맞게 하나 더 꾸미는 게 나아. 지금 교주전이 그리 마음에 들지 않기도 하고."

혁련휘가 원한다면 지금 혁무조가 머무는 교주선이 그의 거처가 되는 것이 순리다. 그렇지만 그는 굳이 그러지 않았다.

번거롭긴 해도 직접 새로운 교주전을 만들려 하는 건 몸져누워 있는 혁무조 때문이다. 아픈 그에게 거처를 옮기게 하는 게 이상하게 신경 쓰였기에 혁련휘는 이 같은 결단을 내렸다.

혁련휘의 대답을 들은 환야 또한 고개를 끄덕이며 그의 생각에 동조했다.

"알겠습니다. 그러면 새로운 거처를 준비하도록 하명해 두도록 하겠습니다. 그럼 거처를 옮기시는 건 언제쯤으로 말해 두면 되겠습니까?"

"삼 일. 그쯤에 옮기지."

"그리하지요. 그럼 이 장원은 어떻게 할까요?"

물어 오는 환야의 말에 혁련휘는 뭐 그리 당연한 걸 묻냐는 듯이 대꾸했다.

"장원을 담당하는 부서에 말해서 보수하고 다른 데 쓰도록 하면……."

말을 이어 가던 혁련휘의 말꼬리가 점점 흐려졌다.

그의 시선이 잠시 방 안을 가볍게 훑어봤다.

마교에서 있었던 비설과의 수많은 추억들이 불현듯 떠올랐다.

그리고 그 추억이 가득한 공간이 바로 이 장원이었다.

혁련휘가 말을 이었다.

"아니, 그냥 내버려 둬."

이 장원을 그냥 두라는 말에 환야가 의아한 듯 쳐다보는 그때였다.

혁련휘가 창밖을 바라보며 나지막이 중얼거렸다.

"종종…… 와 보고 싶을 것 같거든."

*   *   *

새로운 거처를 마련하겠다는 혁련휘의 명이 떨어지기 무섭게 일은 일사천리로 진행되었다. 마교의 실권을 모두 쥐었고, 곧 마교 지존의 자리에 오르게 될 혁련휘의 명에 따라 적당한 곳에 위치한 장원 하나가 바로 마련됐다.

그 장원은 여태까지 살았던 곳과는 비교도 되지 않는 장소였다.

십여 개가 넘는 전각들이 즐비했고, 개인 연무장만 해도 다섯 개에 달했다.

널찍한 방들뿐만이 아니라 바깥에서 차를 마실 만한 정자와, 그 주변을 감싸 안는 커다란 연못까지 존재했다.

봄 냄새가 물씬 풍기는 수많은 나무들과, 각양각색의 꽃들로 꾸며진 장원.

그 장원의 새로운 주인인 혁련휘가 나머지 동료들을 이끌고 그곳에 들어서고 있었다.

짐이라곤 별것 없는 그들은 하인들조차 대동하지 않고 각자의 물건을 짊어진 채로 장원 안으로 걸어 들어왔다.

안으로 들어서기 무섭게 주변의 광경에 압도당한 부의민이 비명인지 탄성인지 모를 소리를 토해 냈다.

"으아앗!"

전에 머물던 장원보다 스무 곱절 이상은 더 큰 이곳은 그 끝을 확인하기 어려울 정도로 널찍했다. 장원의 모습을 확인한 부의민이 주변을 두리번거리며 감격한 듯 말했다.

"어머니, 이 아들 정말 성공했나 봅니다."

하늘을 올려다보며 말하는 부의민을 향해 환야가 픽 웃으며 어깨를 두드렸다.

"그래, 이런 장원에 군룡회의 회주까지 되었으니 하늘에 계신 네 어머니가 무척이나 자랑스러워하실 거다."

그런 환야의 말에 부의민은 그를 힐끔 쳐다보고는 어처구니없다는 듯 받아쳤다.

"뭔 소리야. 왜 남의 잘 살아 계신 어머니를 죽이고 난리래. 우리 어머니 멀리 계셔서 보기 힘든 것뿐이지 아직 정정하시거든?"

"……망할 자식아, 그런데 왜 꼭 돌아가신 것처럼 하늘을 올려다보고 말한 거야. 사람 헷갈리게."

"그럼 땅이라도 보면서 감격해야 되냐?"

금방 투덕거리는 두 사람을 뒤로한 채로 혁련휘는 장원 내부를 말없이 살폈다.

일반적으로 교주의 거처에는 다른 이들이 묵지 않는다.

그런데 혁련휘는 아니었다. 이곳에 있는 개개인 모두에게 따로 방을 내줘서 가까이에 그들을 두기로 한 것이다.

물론 그 이유는 언제든 한시라도 빠르게 그들을 부려먹기 위해서였지만.

그렇게 환야와 달치, 부의민 세 사람은 혁련휘의 침실에서 그리 멀지 않은 곳에 각자의 거처를 잡았다.

혁련휘는 우선 그들이 머물 전각으로 향했다.

각자의 방을 확인하자 달치가 만족스럽게 고개를 끄덕였다.

"여기 방 많다. 달치 방, 환야 방, 부의민 방도 있다. 그리고 비설 방도 있다."

좋다는 듯 웃으며 말하는 달치의 옆구리를 환야가 놀란 듯 쿡 쑤셨지만 그런다고 해서 이미 쏟아진 말이 사라질 리가 없다.

혁련휘 또한 달치의 말을 들었지만 그는 못 들은 척 별다른 대꾸를 하지 않았다.

혁련휘가 자신의 방 구경에 넋이 나가 있는 이들을 향해 말했다.

"앞으로 해야 할 일들이 많을 거야. 특히 부의민, 사람을 만나야 할 일들도 있을 텐데 필요하면 내부에 있는 집무실 중 하나 골라서 단독으로 사용해도 돼. 그게 불편하면 다른 곳에 따로 만들어 둬도 되고."

"그렇게 하지. 그런데 군룡회는 앞으로 어떻게 운영해야 하는 거야?"

"그건 차후에 자세히 이야기하지. 오늘은 다들 짐도 정리하고 해야 하니 알아서들 쉬어. 환야는 정리 끝내고 내 거처로 오고."

"네, 대장."

환야가 곧바로 대답했다.

간단하게 대화를 끝마친 혁련휘는 그들을 내버려 둔 채

로 자신의 방으로 걸어갔다. 장원의 중앙 부분에 위치한 가장 큰 거처, 그곳이 바로 혁련휘의 침실이 있는 곳이었다.

방에 도착한 혁련휘가 손으로 문을 열고 안으로 들어섰다.

바깥에서 문의 크기를 봤을 때부터 알았지만 방 내부는 엄청나게 컸다. 예전의 방과는 비교도 되지 않을 정도로 말이다.

그리고 미리 준비되어진 가구들이 혁련휘가 앞으로 지내야 할 방을 가득 채우고 있었다.

커다란 방에 들어선 혁련휘가 문을 닫고는 자신의 침상으로 다가가 걸터앉았다. 침상에 앉은 혁련휘는 자신의 짐을 바닥으로 대충 던져두고는 등받이 부분에 몸을 기댔다.

가득 찬 가구를 보면 꽉 찬 느낌이 들어야 정상이거늘 혁련휘는 이상하게 이 방이 텅 비어 있는 것만 같았다.

방이 워낙 큰 탓도 있겠지만 그보다는 비설의 빈자리가 여실히 느껴졌다. 조용한 혁련휘의 성격과는 정반대인 그녀는 언제나 그의 옆에서 지칠 줄도 모르고 말을 걸어왔었다.

그런 비설이 없으니 혁련휘가 머무는 이 방 내부는 적막만이 감돌았다.

잠시나마 비설에 대해 생각하던 혁련휘는 이내 기가 차

다고 느꼈는지 고개를 절레절레 저었다. 오늘만 해도 벌써 몇 번이나 그녀에 대한 생각에 잠겨 있었는지 모르겠다.

슬슬 익숙해질 법도 하련만…… 이상하게 비설의 빈자리는 쉬이 적응되지 않는다.

'중증이로군.'

혁련휘가 가볍게 머리를 쓸어 올리며 생각에 잠겨 있을 때였다.

갑작스럽게 들려오는 인기척에 그가 침상에 걸터앉은 그 상태로 문을 향해 시선을 돌렸다.

다급한 발걸음 소리, 그리고 이내 문을 벌컥 열고 환야가 뛰어 들어왔다.

그가 소리쳤다.

"대장!"

"무슨 일이야?"

요란스럽게 나타난 환야의 등장에 혁련휘가 물어올 때였다. 그가 흥분된 얼굴로 말을 받았다.

"강문, 그놈이 움직였답니다."

강문이 움직였다는 말에 혁련휘가 자리를 박차고 일어났다.

보름 가까운 시간 동안 계속해서 예의 주시하고 있었거늘 강문 그자는 전혀 수상할 것 없는 모습만 보여 왔다.

그럼에도 불구하고 감시의 끈을 놓지 않은 환야와 비파월이었다.

그리고 마침내 비파월이 그런 그의 수상한 움직임을 잡아챈 모양이다.

지금 혁련휘가 쫓고 있는 천잠술사 규화에 대한 거짓 정보를 흘린 자.

지금 상황으로 봤을 때 혁련휘가 찾고 있는 그들과 관련이 있을 강문을 놓쳐선 안 된다.

혁련휘가 물었다.

"비파월 쪽에서 연락이 온 건가?"

"네, 대장. 지금도 쫓는 중에 연락을 한 상황입니다. 비파월로서도 접근하는 데 한계가 있으니 지금 서둘러 움직이셔야 할 것 같습니다."

환야의 말에 혁련휘는 고개를 끄덕였다.

쉽지 않게 잡은 단서, 이대로 놓칠 수는 없었다.

혁련휘가 파멸혼을 움켜쥔 채로 빠르게 말했다.

"가지."

* * *

마교를 떠난 비설은 사부인 도재하와 함께 쉼 없이 이동

하고 있었다.

생각을 정리하기 위해 며칠을 허비한 탓에 둘은 더욱 시간에 쫓겼다.

잠을 자거나 식사할 때를 제하고는 막연하게 목적지를 향해 달려 나가기만 하던 두 사람은 이내 일 차 목적지를 눈잎에 두고 있있다.

북천회는 한 곳에 당당히 간판을 걸고 활동하는 단체가 아니다. 대부분이 각 지역으로 나뉘어져 은밀히 활동하는 비밀 단체가 바로 북천회다.

그리고 지금 비설과 도재하가 가고 있는 곳은 북천회 호북 지부였다.

이곳으로 오는 동안 비설은 한동안 벗었던 남자의 복장으로 돌아가 있었다.

비밀리에 움직여야 하는 상황. 여인의 모습을 하고 다녔다가는 자신의 움직임이 드러날 수도 있다 여긴 탓이다.

목적지에 가까이 다가갈수록 비설의 마음은 복잡했다.

혁련휘에게 기다려 달라 말한 반년이라는 기간. 그렇지만 실제로 비설은 그렇게까지 길게 끌고 싶지 않았다.

다른 것도 아닌 북천회 내부에서 벌어진 사건, 길게 가져갈수록 문제는 커질 것이다.

최대한 빠르게 한두 달 내에 회주와의 문제를 해결하고,

북천회 내부의 결속을 다지는 데 시간을 들일 생각이다.

그리고 그것까지 계산하여 혁련휘에게 말한 시간이 반년이었다.

호북 지부 인근에 이르자 도재하는 잠시 숨도 돌릴 겸 이야기를 나누기 위해 발걸음을 멈췄다.

땀을 식히며 나무 아래에 자리를 튼 도재하가 습관처럼 허리춤에 있는 술이 든 호리병에 손을 가져다 댔다.

그렇지만 이내 호리병에 담긴 술을 어제 다 마셨다는 걸 깨달은 그가 혀를 찼다.

"에잉, 아까 전에 지나쳤던 객잔에서 술이라도 채우고 올 걸 그랬구나."

"사부도 참 대단하시네요. 이렇게 달리는 와중에도 술이 들어가시다니."

"술이나 물이나 다를 게 무엇이더냐. 목구멍으로 넘어가면 다 똑같은 것이거늘."

능청스럽게 받아치는 도재하의 말에 비설은 못 말리겠다는 표정을 지어 보였다. 그사이 도재하는 아쉽다는 듯 빈 호리병을 입가에 가져다 대고 툴툴 털어 대다 입맛을 다셨다.

손에 쥐고 있던 호리병을 다시금 허리춤에 단 그가 천천히 입을 열었다.

"이제부터 어찌할 생각이냐?"

도재하의 질문에 나무에 기대어 서 있던 그녀가 천천히 대답했다.

"가장 중요한 건 내전까지 이어지지 않게 하는 거예요."

가뜩이나 숨죽여 살고 있는 정파다.

이런 상황에 자신들끼리 밥그릇 싸움을 하는 건 스스로의 목에 칼을 겨누는 것과 무엇이 다르단 말인가.

그랬기에 고민을 했다.

혁련휘가 마교를 장악했던 것처럼 그곳에 돌아가 천천히 하나씩 무너트리는 것도 방법이었다. 그렇지만 비설은 혁련휘와는 상황이 달랐다.

그런 식으로 회주의 세력과 대적하게 된다면 싸움은 길어지게 될 테고, 결국 내전이 발발하게 될 것이다.

비설이 자신의 생각을 도재하에게 밝혔다.

"우선은 회주를 제 앞으로 끌어내려고요."

"그래서?"

"그가 한 일에 대한 책임을 묻게 해야죠."

"그게 쉽겠느냐?"

"쉽진 않겠죠. 그렇지만 불가능하다고 생각하지 않아요. 사부님이 계시니까요."

비설이 앉아 쉬고 있는 도재하를 바라보며 대답했다.

이런 와중에도 술이나 찾는 노인이지만…… 그가 북천회 내부에서 가지고 있는 권력은 보통이 아니다.

북천회의 회주인 관천위조차도 눈치를 볼 정도의 힘을 지닌 그가 아니던가.

그런 도재하가 함께 있고, 관천위가 벌인 해서는 안 될 악행에 대한 증거만 확실하게 모두의 앞에 내보일 수만 있다면……

싸움은 생각보다 금방 끝날지도 모른다.

비설은 그런 자신의 생각을 보다 확실하게 밝혔다.

"시간을 들이면서 압박해 가기보다는 방비하지 못하도록 빠르게 치고 들어갈 생각이에요."

"……정면 돌파를 하겠다 이거로구나."

"네, 사부."

"위험할 수도 있다. 정면 돌파를 하는 건 오히려 그쪽이 바라던 바일 수도 있어."

"알아요. 그렇지만 최소한 전쟁은 피해야죠. 시간을 주면 자신이 점점 불리해진다는 생각이 들 거예요. 그렇게 되면 회주는 분명 전쟁까지 불사할 테니까요."

북천회 내전만큼은 피해야 한다는 것이 비설과 도재하 둘의 공통적인 생각이었다.

그런 그녀의 생각에 동의하기에 도재하는 고개를 끄덕였

다.

관천위, 그는 욕심이 많은 자다.

그 또한 내전을 피하려고 하겠지만 결국 상황이 좋지 않아지면 자신의 권력을 잃지 않기 위해 극단의 선택을 할 수 있는 인물이다.

어느 정도 비설의 생각을 전해 들은 도재하가 잠시 쉬고 있던 자리에서 벌떡 일어났다.

숨도 돌렸고 생각도 알았으니 더는 머뭇거릴 이유가 없었다.

"어서 가자꾸나."

도재하의 말과 함께 다시 걷기 시작한 두 사람이 향한 곳은 쉬었던 장소에서부터 일각 정도밖에 떨어지지 않은 장원이었다.

장원은 겉에서 보기엔 무척이나 평범했다.

그리고 장원의 주인이 누구인지도 이 마을에서는 잘 알려져 있었다.

벼슬길에 올랐다가 나이를 먹어 고향으로 돌아온 인물이 지내는 것으로 알려진 장원.

그 장원의 입구로 비설과 도재하가 다가갔다.

열린 입구를 통해 안으로 들어서자 그 인근에서 비질을 하고 있던 하인으로 보이는 사내 하나가 다급히 다가왔다.

"뉘신지요?"

어수룩해 보이는 인물.

그렇지만 두 사람은 알고 있었다.

이자가 이 북천회 호북 지부의 입구를 지키는 수문위사라는 사실을.

그런 그를 향해 비설이 천천히 입을 열었다.

"북쪽에서 왔습니다."

북쪽에서 왔다는 그 한 마디에 사내의 표정이 돌변했다.

지금 비설이 내뱉은 그 말은 북천회 내부에서 암어와도 같은 것이었다.

서로의 비밀스러운 신분을 확인하기 위해 만들어진 암어말이다.

사내가 빠르게 주변을 두리번거리더니 이내 자그마한 목소리로 물었다.

"무슨 일로 오셨습니까?"

"지부장님을 뵈러 왔습니다."

"죄송합니다. 미리 약속을 잡으신 게 아니시니……."

지부장을 만날 수 없을 거라 말을 이어 가는 사내의 앞으로 비설이 뭔가를 내밀었다. 그것은 손바닥 정도 크기의 명패였다.

특별히 제작된 듯 보이는 새카만 돌로 된 명패에는 영(靈)

이라는 글자가 새겨져 있었다.

그리고 그 명패를 확인하는 순간 사내의 눈동자가 크게 흔들렸다. 그가 놀란 눈으로 고개를 치켜들어 비설을 바라 봤다.

북천회 내에서 영이라고 새겨진 명패를 지니고 있는 건 단 한 명뿐이었으니까.

북천회의 정신이라 일컬어지는 단 한 명의 인물.

그 특별한 한 명에게만 허락된 명칭인 것이다.

놀란 그를 향해 비설이 재차 물었다.

"지부장님 뵐 수 있을까요?"

그런 그녀의 물음에 사내가 놀란 얼굴로 연신 고개를 끄덕였다.

"무, 물론입니다. 당장에 모시지요."

대답하는 사내의 눈동자에는 비설에 대한 존경심이 쏟아 져 나왔다.

7장. 독의(毒衣)

— 이것들은?

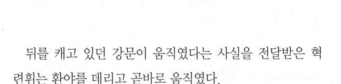

뒤를 캐고 있던 강문이 움직였다는 사실을 전달받은 혁련휘는 환야를 데리고 곧바로 움직였다.

비파월을 통해 연락받은 쪽으로 움직인 그들이 도착한 곳은 마교 외성 부근에 있는 자그마한 가게였다.

먼저 혁련휘와 환야는 강문의 뒤를 쫓았던 비파월의 무인과 합류했다.

둘이 오자 강문이 들어간 건물을 멀리에 숨어서 지켜보던 그가 짧게 인사를 건넸다.

혁련휘가 그런 그를 향해 됐다는 듯 손을 젓고는 빠르게 물었다.

"그자가 어디로 갔지?"

"저기 보이시는 저 건물 안으로 들어가는 것까지 확인했습니다."

"뭐하는 가게인지는 알고?"

"예, 옷에 물들이는 염색약을 파는 가게랍니다."

이야기를 전해 들은 환야가 고개를 갸웃하며 물었다.

"그런 가게라면 강문이 올 법도 하잖아. 그런데 왜 급히 연락한 거야?"

"나와서 주변을 두리번거리는 거나 이것저것 미심쩍어 보이는 행동을 해서 연락을 드렸습니다. 설마 저 가게로 갈 줄은…… 죄송합니다."

자신의 판단이 틀린 것 같다 여겼는지 그자는 뒷머리를 긁적거렸다. 그렇지만 혁련휘가 고개를 저으면서 말을 받았다.

"미안할 것 없어. 쉽사리 뒤를 잡기 힘든 놈들을 쫓고 있는 거야. 자그마한 단서가 큰 도움이 될 수도 있지. 오히려 꼼꼼하게 봐 준 것 같군. 앞으로도 뭔가 수상한 부분이 있으면 작은 것이라도 보고하고."

혁련휘의 말에 사내의 표정이 그나마 풀어졌다.

그렇게 잠시 이야기를 나누고 대기하던 사이 가게 안으로 들어갔던 강문이 걸어 나오는 것이 보였다. 그리고 강문이 모습을 보이자 곧바로 세 명은 벽에 바짝 기댄 채로 몸을 감췄다.

가게에서 걸어 나온 강문은 죽립을 깊게 눌러 쓴 상태였다.

그는 고개를 낮게 깐 채로 슬그머니 주변을 둘러보더니 이내 자신이 갈 길을 가기 시작했다.

그런 강문의 모습을 주의 깊게 바라보던 혁련휘가 어느 정도 거리가 벌어지자 나지막이 중얼거렸다.

"네 말대로 뭔가 주변을 살피는 기색이 역력하군."

혁련휘의 시선이 멀어져 가는 강문에게서, 방금 전 그가 나왔던 가게 쪽으로 향했다.

비단이나 실 같은 걸 파는 자이니 염색약이 있는 가게에 들르는 게 전혀 이상하지는 않았지만······.

'확실히 해 둬서 나쁠 건 없으니까.'

혁련휘가 비파월의 무인에게 빠르게 말했다.

"너는 하던 대로 저자의 뒤를 쫓아. 혹시 모르니 이 가게에 대해서는 우리가 조사하지."

"알겠습니다. 그럼 또 무슨 수상한 점이 있으면 곧바로 연락드리겠습니다."

대답과 함께 포권을 취해 보인 비파월의 무인은 곧바로 멀어져 가는 강문과 적당한 거리를 둔 채로 빠르게 그 뒤를 쫓기 시작했다.

　그마저 사라지자 환야가 혁련휘에게 물었다.

　"저 가게를 조사하시려고요?"

　"응, 뭔가 눈치를 살피는 게 수상한 느낌이 들어서."

　"그건 저도 느꼈습니다. 어떻게 할까요? 바로 들이닥쳐
볼까요?"

　환야의 물음에 혁련휘는 고개를 저었다.

　저런 가게 하나 뒤지는 건 그리 어려운 일이 아니다.

　아직 내부에 사람이 있긴 하지만 혁련휘와 환야에게 그
들을 제압하는 건 일도 아니니까.

　하지만 자신들이 손을 쓴다면 뒤처리가 귀찮아진다.

　저 가게의 사람을 때려눕혔는데 만약 저곳이 그냥 장사
를 위해 들렀던 곳이라면?

　때려눕힌 건 그렇다 쳐도 그 사실이 강문에게 들어갈 수
도 있다.

　그렇게 된다면 그는 스스로의 행동에 더욱 주의를 기울
이게 될 것이다.

　그랬기에 혁련휘는 다른 방법을 택했다.

　"가게 주인이 자리를 비우면 그때 움직이지. 혹시 모르
니 넌 가게 주인의 뒤를 쫓아. 내가 저 가게 안을 조사해 보
지."

"알겠습니다."

혹시 모를 가게 주인의 조사까지 명한 혁련휘는 그대로 환야와 함께 몸을 감추고 때를 기다렸다.

그리고 그때는 그리 오래 걸리지 않아서 찾아왔다.

강문이 나가고 이 각가량 시간이 지나자 염색약을 팔던 가게의 주인이 긴 하품과 함께 걸어 나왔다. 그러고는 피곤이 역력한 얼굴로 가게의 문을 걸어 잠그고 걸음을 옮기기 시작했다.

가게 주인의 모습을 눈으로 좇던 환야가 고개를 돌려 혁련휘를 향해 고개를 끄덕였다.

그러고는 곧바로 환야가 은밀하게 그자의 뒤편으로 따라붙었다.

환야가 뒤를 쫓기 위해 움직이고도 혹시 모를 상황에 대비해 잠시간 숨어 있던 혁련휘가 이내 문제가 없다 판단했는지 서서히 가게 쪽으로 걸어 나오기 시작했다.

혁련휘는 망설이지 않고 곧바로 가게의 문으로 다가갔다.

나무로 되어 있는 빗장을 손으로 밀어낸 혁련휘가 소리 없이 안으로 잠입했다.

가게 안으로 들어서는 순간 가장 먼저 혁련휘를 반긴 것은 염색약 특유의 냄새였다.

코를 마비시킬 정도로 수많은 냄새들이 동시에 혁련휘를 향해 밀려들었다. 창문 하나 없는 가게는 무척이나 어두웠다.

그렇지만 혁련휘는 가게 안의 사물들 하나하나를 또렷이 응시하고 있었다.

작은 가게였던 탓에 내부를 한 번 확인하는 건 그리 어렵지 않았다.

벽 양쪽에 천에 쌓인 채로 줄지어 놓여 있는 탁자, 그리고 그 위를 장식하고 있는 각양각색의 염색약들이 내부에 있는 전부였다.

혁련휘는 탁자 위에 있는 염색약들마저 뒤적거리면서 뭔가 단서가 될 만한 것들이 있는지 찾았다.

그렇지만 눈썰미가 좋은 혁련휘의 눈에도 딱히 수상쩍은 건 발견되지 않았다.

'……헛짚은 건가.'

애초에 반드시 뭔가가 있을 거라 확신을 가졌던 건 아니다.

그럼에도 불구하고 혁련휘는 미련이 남는지 놓치기 쉬울 법한 부분들을 다시금 꼼꼼히 살폈다.

널브러진 몇 장의 서찰 내용들까지도 확인을 끝낸 혁련휘가 작게 고개를 저었다.

서찰들은 필요한 염색약의 주문서들이었다.

일각에 가까운 시간을 샅샅이 뒤져 봤지만 아무런 것도 찾지 못한 혁련휘는 결국 의심을 접었다.

생각을 정리한 혁련휘는 머리가 아플 정도로 진한 염색약 냄새가 가득 풍기는 가게를 걸어 나가다가 갑자기 멈칫했다.

그러고는 곧바로 자신의 손을 들어 올려, 팔목 부분의 옷 냄새를 맡았다. 옷에서는 진한 염색약 냄새가 물씬 풍겨져 나왔다.

그걸 확인하는 순간 혁련휘의 표정이 돌변했다.

'그놈…… 염색약 냄새가 안 났어.'

혁련휘는 이곳에서 고작 일 각 정도를 머물렀다.

그에 비해 강문 그자는 자신보다 훨씬 긴 시간을 이 가게 내부에 있었다. 그런데 그자가 나왔을 때는 염색약 냄새를 느끼지 못했다.

그에 반해 가게의 주인으로 보이던 자가 나왔을 때는 달랐다.

거리가 다소 떨어져 있음에도 확 느껴질 정도로 진한 염색약 냄새가 났다.

자신도, 가게의 주인에게서도 났던 염색약 냄새.

그런데 강문에게서는 나지 않았다?

온종일 이곳에 있는 가게의 주인은 그렇다 쳐도 자신에게서도 날 정도라면 강문에게서도 났어야 옳다.

그럼에도 불구하고 강문에게서 염색약 냄새가 나지 않았다는 것은…… 그가 이곳에 있지 않았다는 말이 된다.

그 말은 곧 이 가게 안에 또 다른 별개의 장소가 있다는 것이다.

이 염색약 냄새를 피할 수 있는 그런 비밀스러운 장소가.

그리고 이런 자그마한 건물에 있을 비밀스러운 공간이라면…….

혁련휘의 시선이 천천히 자신의 발쪽으로 향했다.

'지하다.'

번개에 맞은 듯이 번뜩하자 혁련휘는 곧바로 몸을 굽히고 바닥을 살폈다.

방금 전에도 바닥에 뭔가 장치가 있지 않을까 확인했었다.

그렇지만 이번에는 보다 정밀하게 하나씩 살폈다.

허나 걸어 다닐 법한 공간에는 전혀 이상한 부분이 보이지 않았다.

자연스레 혁련휘는 양쪽에 줄지어 있는 탁자들을 향해 움직였다. 그러고는 말없이 탁자의 아래를 살피기 시작했다.

혁련휘는 우선 손으로 바닥을 일일이 두드려 보며 아래에 빈 공간이 있는지를 확인했다. 꼼꼼히 확인해 보던 혁련휘의 손이 가장 안쪽에 있던 탁자 아래를 두드렸을 때다.

퉁퉁.

딱딱 소리가 나던 것과는 확연하게 다른 소리가 귓가로 밀려들었다. 그 소리를 듣는 순간 혁련휘는 이 아래로 향할 수 있는 방법을 찾기 위해 주변을 두리번거렸다.

분명 어딘가에 이 내부로 통하는 통로를 드러내게 할 장치가 있을 터인데…….

탁자의 다리와 아랫부분을 비롯해 벽 부분까지도 꼼꼼히 살폈지만 아무런 장치도 보이지 않았다. 그랬기에 혁련휘는 고민했다.

간단한 장치여야 한다.

그렇지 않았다면 아까 전에 바깥에서 이 가게를 감시하고 있을 때도 이상한 점을 느꼈을 테니까. 자그마한 소란스러움조차도 느껴지지 않았으니 분명 생각보다 쉬운 장치였을 것이다.

혹시 모를 생각에 혁련휘는 탁자를 가볍게 당겨봤다.

그런데…….

혁련휘가 미간을 찌푸렸다.

'탁자가 움직이지 않는군.'

마치 바닥에 고정이라도 된 것처럼 탁자는 당겨지지 않았다.

뭔가 이상하다 여긴 혁련휘는 탁자 인근의 바닥을 살폈다.

그러자 희미하긴 하지만 한쪽으로 쓸린 듯한 흔적이 남아 있었다.

흔적을 발견한 혁련휘는 곧바로 탁자의 오른쪽 부분을 잡고는 안쪽으로 잡아당겼다.

그러자 미동도 않던 탁자가 반원을 그리며 움직이기 시작했다.

그리고 동시에 바닥도 함께 움직였다.

혁련휘의 시선이 탁자와 바닥이 함께 움직이며 드러난 지하 공간으로 향했다.

미묘한 높이의 차이를 이용해 탁자로 지하 공간을 가려 두었던 것이다.

앞쪽에 살짝 높이를 높게 해 두어 마치 턱에 막힌 것처럼 앞으로는 당겨지지 않았지만, 원을 그리듯 잡아당기자 비밀리에 감추어져 있던 통로가 나타난 상황이었다.

혁련휘는 망설이치 않고 곧바로 그 통로를 향해 발을 내디뎠다.

가뜩이나 어두운 건물 내부의 지하로 향하는 길목은 칠

흑과도 같았다.

어둠만이 가득한 공간, 그 아래로 향하는 수십 개가 넘는 계단을 타고 걸어 내려가던 혁련휘가 가볍게 손바닥을 움직였다.

그러자 그의 손 위로 주변을 밝히는 불꽃이 피어올랐다.

후욱!

불꽃과 함께 드러난 내부의 통로를 걸어가던 혁련휘의 시선에 이내 막다른 공간이 보였다.

그렇지만 자세히 살펴보면 그곳은 막다른 곳이 아니었다.

막다른 돌벽에는 또 다른 어딘가로 향하는 문이 자리하고 있었으니까.

혁련휘는 혹시 모를 기관 장치를 대비하여 신경을 날카롭게 세운 채로 천천히 이 돌벽 너머의 공간으로 들어갈 수 있는 문에 손을 가져다 댔다.

혁련휘가 조심스레 문을 밀어냈지만, 다행히도 위험한 일은 벌어지지 않았다.

아마도 이곳엔 암기가 쏟아지거나 하는 기관이 존재하지 않았던 모양이다.

그렇게 드러난 돌벽 너머의 또 다른 공간.

그곳은 하나의 커다란 방과도 같은 공간이었다.

캄캄하고, 습기가 가득한 장소.

그렇지만 그곳에 들어선 혁련휘는 생각지도 못한 물건들을 보고야 말았다.

지하에 감추어져 있던 이 공터에 자리하고 있는 것은 수백 개가 넘는 옷들이었다.

긴 빨랫줄에 일렬로 걸려 있는 고급스러워 보이는 옷들.

그리고 이 옷이 무엇인지 혁련휘는 너무나 잘 알았다.

"……취임식?"

혁련휘가 교주직에 오를 그 날 수많은 마교의 고위 인사들이 입을 복식이다. 그런데 대체 그 날 입을 옷들이 왜 이곳에……

의아해하던 혁련휘의 눈동자가 점점 커지기 시작했다.

지금 혁련휘가 찾고자 하는 천잠술사 규화가 벌였던 악행이 떠올랐으니까.

그가 십여 년 전에 벌인 일은 독의(毒衣)를 만든 것이었다.

그리고 그 독을 묻혀 놓은 옷을 이용해 수많은 마교의 고위층들을 제거했다는 의심을 받고 있다.

실제로 그 독에 당한 혁무조와도 이야기를 나누지 않았던가.

그런 규화와 관련 있는 자로 의심되는 이의 비밀 장소에 걸려 있는 수백 벌의 옷……

혁련휘가 천천히 걸려 있는 옷들에게 다가갔다.

그의 손이 그중 하나로 향했다.

스윽.

손가락으로 옷을 어루만지던 혁련휘는 조심스럽게 그것을 자신 쪽으로 잡아당겨 코로 향을 맡았다.

그 순간 혁련휘의 표정이 일그러졌다.

갑자기 밀려드는 극심한 고통에 혁련휘는 급히 내공을 불러일으켰다.

다행히 빠른 대처 덕분에 몸 안으로 스며들던 기운은 먼지처럼 사라졌다.

아주 찰나에 불과한 시간 냄새를 맡았을 뿐이다.

그럼에도 불구하고 갑자기 속을 뒤집으려는 듯 치밀어 올랐던 지독한 기운.

……독이 분명했다.

혁련휘는 옷을 어루만지던 손을 뗐다.

코로 느껴지던 미미하지만 알싸한 냄새까지.

지금 이렇게나마 감지할 수 있었던 것도 아마 독이 아직 옷에 완벽하게 스며들지 않았던 탓이리라. 만약 이 냄새를 맡지 못했다면 자신이 입은 옷이 얼마나 위험한 것인지 한참 동안 알지 못했을 것이다.

그리고 그렇게 됐다면 대부분의 무인들은 숨을 거뒀을 게다.

수백 벌의 독의.

그들이 노리는 것은 명확해졌다.

새로운 마교 교주의 취임식에 자리할 수백 명의 마교 수뇌부들.

그들을 제거하려 하는 것이다.

혁련휘는 길게 늘어진 수백 벌의 옷을 바라보며 나지막이 입을 열었다.

"또다시…… 십 년 전의 일을 재현하겠다 이거였더냐."

수백 벌에 달하는 독의를 목전에 둔 혁련휘는 순간적으로 많은 생각에 잠겼다. 이 위험 요소들을 제거하는 것이 맞지만…… 이 기회를 그냥 놓칠 수는 없었다.

이 독의를 준비한 건 분명 그 자하도에서 나온 자들의 계략이 확실한 상황.

그 말은 곧 지금 이 독의를 제거하지 않는 것이 오히려 득이 될 수도 있다는 것이다.

결국 계획을 실행하기 위해서는 그들이 움직여야 할 것이고, 그때를 이용한다면 그들에 대한 보다 큰 단서를 얻을 수도 있었다.

옷을 처리하는 건 그 이후가 되어도 늦지 않다.

'우선은 환야와 합류해서 추후의 계획을 세워야겠군.'

이곳을 빠져나가기 위해 자신이 들어왔던 문 쪽으로 막 혁련휘가 몸을 돌릴 때였다.

쿵쿵.

갑자기 들려오는 땅이 울리는 소리, 혁련휘의 시선이 다급히 어두운 통로 끝으로 향했다. 이곳 지하도로 들어서면서 혹시나 나갔던 자가 돌아올 것을 염려해 원래대로 통로를 막았던 혁련휘다.

그런데 그 비밀 통로의 입구가 열리며 위쪽에서 희미하게나마 빛이 스며들어 오고 있었다.

혁련휘는 재빠르게 주변을 살폈다.

'숨을 곳이 없다.'

이 지하도의 구조는 너무나 단순했다.

입구에서부터 쭉 내려오는 계단, 그리고 그 이후는 오로지 딱 하나의 길로 이어져 있다. 그리고 그 길 끝에 있는 문을 통해 들어오면 독의가 걸려 있는 이 지하의 공터가 모습을 드러낸다.

한마디로 몸을 감출 수 있는 공간은 존재하지 않았다.

혁련휘는 열고 있었던 바로 뒤편의 문을 황급히 닫았다.

지금 이곳에서 숨을 수 있는 곳은 오로지 한 곳.

바로 이 옷들 사이다.

수백 벌에 달하는 옷들이 길게 드리워져 있었기에 잘만 숙이고 있으면 몸을 감추는 게 불가능하진 않았다.

혁련휘는 기척을 감춘 채로 최대한 문에서 먼 곳에 위치한 옷들 사이로 몸을 감췄다.

그리고 이내 예상대로 발걸음 소리가 점점 자신이 있는 공터 쪽으로 다가오기 시작했다.

혁련휘의 감각이 돌벽 너머에서 다가오는 자들을 파악해 냈다.

'두 명이군.'

과연 누굴까?

방금 전 이곳을 나섰던 가게 주인이 다른 누군가를 대동한 채로 돌아오기라도 한 걸까?

그게 아니라면 전혀 다른 그 누군가가 찾아온 걸지도 모른다.

그들에 대한 단서를 얻기 위해서는 가능하면 싸움은 피해야 하는 상황.

혁련휘는 닫혀져 있는 문을 숨을 죽인 채 지그시 응시했다.

그리고 이내 굳게 닫혀 있던 문이 열리며 혁련휘가 파악한 것처럼 두 명의 사내가 걸어 들어왔다.

앞장 서 있는 보통 크기의 중년 사내가 먼저 눈에 들어왔다.

그렇지만 혁련휘의 시선을 잡아 끈 건 그자가 아니었다.

중년 사내의 뒤편에서 뒤뚱거리며 힘겹게 문 안으로 걸어 들어오는 자.

변발을 했고, 보통 크기의 저 문이 비좁아 보일 정도의 뚱뚱한 덩치를 지닌 그 사내가 누구인지 단번에 알아차릴 수 있었기 때문이다.

'……우치?'

지하도 내부가 뭐가 그리도 더운지 섭선으로 부채질을 해 대는 그의 정체는 혁련휘가 파악한 대로 우치였다.

그가 지하도 내부에 걸려 있는 옷들을 스윽 훑어봤고, 혹여나 걸릴까 혁련휘는 잠시나마 그들을 확인하기 위해 빼놓았던 고개를 감췄다.

몸을 감춘 혁련휘의 표정이 싸늘하게 변했다.

'네놈이로구나.'

어렸을 적 달치에게 인간이 해선 안 될 짓을 벌여 댔고, 환야를 죽을 뻔한 고비에 몰았던 자.

혁련휘의 손이 허리춤에 달려 있는 파멸혼에 닿았다.

그렇지만 그는 애써 참았다.

아직은 움직여야 할 때가 아니다.

우치가 자신을 발견한다면 모를까, 그 전에 자신이 직접 모습을 드러낼 생각은 없었다.

누군가가 같은 공간에 숨어 있다는 사실을 까맣게 모른 채로 우치는 표정을 찡그리며 중얼거렸다.

"냄새 한번 더럽네."

퀴퀴한 냄새와 함께 공기 중으로 느껴지는 미약한 독 향이 기분을 절로 불쾌하게 만든다. 우치가 옆에 있는 수하에게 불만스레 말을 이었다.

"난 상쾌한 느낌이랑 잘 어울리는데 말이야. 안 그러냐?"

물어 오는 우치의 말에 옆에 있던 수하는 일순 말문이 막혔다.

'뭔 돼먹지 않은 개소리를……'

속내는 그랬지만 그의 포악한 성격을 알기에 그자는 억지로 웃으며 고개를 끄덕였다.

"그렇지요."

재빠른 대답 덕분일까 우치는 그런 그를 향해 기분 좋다는 듯 뱃살을 출렁거리며 웃어 댔다. 그런 그들의 모습을 다시금 옷 사이로 훔쳐보던 혁련휘의 시선을 모르고 우치는 다시금 투덜거렸다.

"이런 건 나 말고 소일홍 그 교활한 년에게나 시킬 일이지 왜 번거롭게 나한테 맡기는지 모르겠군. 애초부터 이 일 담당이 그년이잖아."

불만 가득한 목소리를 숨어서 듣고 있는 혁련휘는 하나 의 사실을 더 알 수 있었다.

지금까지 혁련휘가 파악한 그들의 존재는 셋이다.

지금 눈앞에 있는 우치, 그리고 환야의 누나와도 같았던 유영인이라는 여인. 그리고 그런 그들을 이끄는 정체불명 의 수장까지.

그리고 지금 언급된 소일홍이라는 여인까지 추가한다 면…….

'최소한 우두머리급이 네 명은 된다 이 말이로군.'

그들에 대한 또 하나의 단서를 얻은 그 순간 우치가 옆에 있는 수하에게 물었다.

"그런데 대체 여기 있는 옷들을 갑자기 왜 옮기라는 거 야?"

숨어 있던 혁련휘가 그 한마디에 움찔했다.

옮기다니?

지금 옷들 사이에 몸을 감추고 있거늘 이것들을 옮긴단 말인가? 다른 어딘가 몸을 감출 곳도 없는 지하도이니 만 일 그런 일이 벌어진다면 피할 수도 없는 상황이다.

그리고 이내 혁련휘의 귀에 우치의 질문에 대해 답하는

수하의 목소리가 들려왔다.

"거점 중 하나인 포목점이 들통났다는 것 같습니다."

"뭐? 들통?"

"네, 누군지는 파악이 안 됐지만 포목점을 염탐하는 걸로 보이는 자를 방금 전 발견했답니다. 포목점이 들통나면 이곳까지 위험해질 수도 있다고 판단하여 옮기시라는 명을 내린 것 같습니다."

귀를 세운 채로 이어지는 말들을 듣고 있던 혁련휘는 입술을 깨물었다.

아무래도 강문의 포목점을 감시하고 있던 비파월 무인의 정체가 발각된 것이 분명했다.

포목점과 연관이 있는 이 가게. 그런 상황에 포목점이 들통났으니 이곳 또한 위험할 수도 있다는 판단을 내리고 이곳에 감춰 둔 독의를 다른 곳으로 옮기고자 정한 모양이다.

이야기를 전부 들은 우치는 답답하다는 듯 혀를 찼다.

"한심한 새끼들. 일을 어떻게 하기에 그렇게 뒤나 잡히고 지랄이야. 어느 쪽 사람인지도 모르고?"

"아직 확신할 순 없지만 대공자 쪽에서 냄새를 맡았을 공산이 큽니다."

"쯧쯧, 하여튼 그쪽 새끼들은 하나같이 맘에 안 든단 말이야. 대장이란 놈이나 그 아랫놈들이나."

짜증 난다는 듯 말하던 우치가 퍼뜩 생각났는지 수하에게 물었다.

"그나저나 비설 그놈은 어떻게 됐어? 아직도 못 찾았어?"

비설이라는 이름이 언급되자 혁련휘의 표정이 싸늘하게 변했다.

우치가 비설을 노릴지도 모른다는 건 이미 알고 있던 사실이다.

그렇지만 이렇게 눈앞에서 직접 비설의 이름을 언급하는 걸 듣자 걷잡을 수 없는 분노가 치밀어 올랐다.

우치의 질문에 수하가 답했다.

"예, 갑자기 마교에서 모습을 감춘 뒤에 뒤를 캐 보긴 했지만 호북 인근에서 얼굴을 비쳤다는 걸 제하고는 새로운 정보는 아무것도 없습니다."

"호북이라…… 거긴 왜 갔을까?"

"조사 중에 있습니다만 대공자에게 당장에 호북은 주요 거점이 아닙니다. 아마도 그 후에 다른 지역으로 옮겨 가지 않았을까 판단 중입니다."

비설의 사정을 모르는 그들로서는 그녀가 움직인 이유가 혁련휘와 연관이 있을 거라 판단하고 있었다.

정확한 어떠한 단서도 아직 찾지 못했다는 사실이 못내

아쉬운지 우치가 입맛을 다시며 말했다.

"하여튼 그 망할 계집을 빨리 찾아내라고. 다른 누구보다 내가 먼저 죽여 버릴 생각이거든."

살의에 불타는 표정으로 자신의 손을 어루만지던 우치가 이내 잔인한 미소를 지어 보였다.

이내 우치는 섭선을 마구 부치고는 짧게 말했다.

"이 옷들 전부 바깥에 준비시켜 둔 마차에 옮길 준비나 해."

"저 혼자 말입니까?"

"왜? 그럼 나보고 이런 찝찝한 걸 손대란 말이야?"

무슨 소리를 하냐는 듯 쏘아붙이는 우치의 모습에 수하는 떨떠름한 표정을 지어 보였다. 평범한 옷이라면 모를까 하나하나가 치명적인 독을 품고 있는 것들이다.

당연히 하나씩 조심스럽게 옮겨야 했기에 수백 번 이상은 왕복해야만 하는 일이었다. 그렇지만 아무리 그 일이 번거롭더라도 최소한 눈앞에 있는 이자를 상대하는 것보다는 나았다.

"……알겠습니다."

그자는 대답과 함께 옷 한 벌을 들고 가게 바로 앞에 놓아둔 마차를 향해 왔다 갔다를 반복했다.

독의들 사이에 몸을 감추고 있던 혁련휘의 시선이 그렇

게 한 벌씩 점차 줄어들어 가는 옷들로 향했다.

　가능하면 피하려 했다.

　그랬기에 우치를 직접 보고도 참고 있었던 혁련휘다. 그렇지만 상황이 이렇게 된 이상 더는 몸을 감추고 있을 이유가 사라졌다.

　숨을 곳도 없는 지하.

　어차피 언제 걸리느냐의 차이일 뿐이지 옷이 사라진다면 결국 들키게 될 것이다.

　그리고 비설의 이름이 언급되는 그 순간부터…… 더는 숨고 싶지도 않았다.

　뒤쪽에 있는 옷 근처에 숨어 있던 혁련휘가 오히려 은밀하니 앞으로 움직였다. 혁련휘가 노리는 건 우치가 아니었다.

　분주히 움직이고 있는 우치의 수하, 그자가 목표였다.

　바깥으로 나간 그자가 소란을 알아차리고 인근에 있을지도 모르는 수하들을 불러 모은다면 오히려 귀찮아진다.

　그랬기에 우치보다 먼저 그자를 확실하게 제압하기로 마음먹은 것이다.

　우치의 수하가 다음에 다가올 독의 인근에서 몸을 낮춘 채 은신하고 있던 혁련휘의 눈에 마침내 가까워져 오는 그자가 들어왔다.

'지금!'

옷에 막 손을 가져다 대는 찰나 혁련휘의 몸이 날아올랐다.

파앗!

혁련휘의 발이 정확하게 그자의 목을 후려치며 한 바퀴 회전했다.

아무런 생각 없이 다가왔던 우치의 수하는 그대로 목이 꺾이며 바닥으로 널브러졌다.

쿠웅.

쓰러진 수하, 그리고 그런 상황에서 우치를 뒤로 등진 채 서 있는 혁련휘.

입구 인근에 서서 섭선만 부쳐 대던 우치의 손이 갑자기 멈추었다.

갑작스러운 상황에 아주 잠시 당황했던 우치는 이내 펼치고 있던 섭선을 손바닥으로 탁 쳐서 접으며 입을 열었다.

"뭐야? 쥐새끼가 하나 숨어 있었네?"

그런 우치의 움직임을 여전히 등을 돌린 채로 감지하고 있던 혁련휘가 슬그머니 입을 열었다.

"네가…… 우치냐."

그 한마디에 우치의 얼굴에 당혹스러운 감정이 내비쳤다.

그의 표정이 한결 진지하게 돌변했다.

우치가 되물었다.

"내 이름을 어떻게 알지? 너 누구야?"

"예상은 했지만 역시나로군."

"내가 물었잖아! 네깟 놈이 내 이름을 어떻게……."

막 소리치던 우치를 향해 혁련휘가 천천히 몸을 돌렸다.

어두운 지하도 내부, 그렇지만 두 사람 모두 이런 어둠 따위에 영향을 받을 수준의 무인들이 아니었다.

혁련휘의 얼굴을 마주한 우치의 눈동자가 순간 흔들렸다.

안다.

어찌 저 얼굴을 모를까.

사람을 얼어붙게 만들 정도의 차가운 표정.

무심해 보이면서도 심장을 꿰뚫는 듯한 날카로운 눈빛까지.

뛰어난 미남, 그리고 그 외모를 뛰어넘는 실력까지 지닌 마교의 새로운 주인을.

"……대공자?"

"만나고 싶었는데 이렇게 만나는군."

"네가 어떻게 여기 있지?"

말을 내뱉던 우치는 이제는 죽어 버린 수하가 내뱉었던 말이 떠올랐는지 이내 손바닥으로 자신의 이마를 탁 하고

쳤다.

"망할, 벌써 여기까지 캐냈던 거로군."

대공자의 수하로 보이는 자들이 포목점을 감시하는 걸 알아차렸다.

그렇지만 아직 이곳까지는 알아내지 못했을 거라 여겼다.

니무나 평범하고 조그만 가게였기에 의심할 만한 요소가 전혀 없다 생각했으니까.

그런데 아니었다.

이미 대공자는 이곳을 알아냈고, 심지어 그곳에 숨겨져 있던 비밀 통로 내부에까지 들어서 있었다. 그 말은 곧 자신들의 계획이 완전히 틀어졌다는 걸 의미했다.

우치가 중얼거렸다.

"하아, 이러면 귀찮아지는데 말이야."

혁련휘의 예상대로 이 독의는 마교의 고위층들을 제거하기 위해 만들어진 물건이다.

마교를 안팎으로 뒤흔들기 위해 오래전부터 준비되어져 있는 것들.

그런데 이런 계획이 들통난 이상 이미 이건 다시금 쓸 수 없는 작전이 되어 버렸다.

이미 알고 있는 작전에 당할 리는 없을 테니까.

물론 이 계획을 성공시킬 단 하나의 방법은 있다.

죽이면 된다.

죽은 자는 말이 없으니까.

생각을 정리한 우치가 자신의 목을 가볍게 꺾었다.

예상치 못한 대공자의 등장에 잠깐이나마 당황하긴 했지만…… 결과는 하나다. 애초부터 우치는 혁련휘와 싸워 보고 싶었다.

그리고 자신도 있었다.

그런 애송이 따위 자신이 이길 수 있다는 굳건한 확신이 말이다.

"주변에서 한껏 대단하다 추켜세워 주니 겁을 상실한 모양인데…… 너도 알잖아? 네깟 놈 정도는 자하도에 널리고 널렸다는 걸. 난 말이야, 그런 너와는 근본적으로 달라. 이래 봬도 자하도의 한 지역을 제패하고 나온 사람이거든."

자하도는 다섯 개의 구역으로 나뉘어져 있다.

애초에 자하도는 수백 년 전 천마가 자신을 따랐던 사대마신과 그의 수족들, 그리고 수많은 가솔들을 이끌고 모습을 감춘 곳이다.

주변을 감싸고 있는 치명적인 독으로 된 물 때문에 이제 아무도 드나들 수 없게 된 자하도는 나름의 규칙과 영역이 있는 곳이다.

동서남북을 기반으로 하여 사대마신 각자의 영역이 존재

했고, 중앙에 위치한 곳이 바로 천마의 땅이다. 이제는 당시의 모든 무인들이 죽었음에도 불구하고 수백 년 전 처음 정해졌던 그대로의 규율이 계속해서 이어져 오고 있었다.

그렇게 다섯 개로 나뉜 자하도의 북쪽, 그곳을 제패한 것이 바로 우치다.

그랬기에 우치는 자신이 있었다.

자하도에서 나왔다고 해서 다 같은 자는 아니다.

자신도 그렇고, 나머지 함께하는 동료들 모두 자하도 내부에서 무척이나 특별한 존재들이었다. 그런 자신의 앞을 가로막은 대공자라는 자.

자신들의 우두머리인 신도율이 관심을 가지고는 있지만…….

'죽이지 말라고는 안 했으니까 말이야.'

만약 뭐라고 한다 한들 핑계를 대면 그만이다. 그리고 자신들의 계획에 가장 걸림돌이 되는 존재인 대공자를 죽이는 건 조직의 입장으로 봤을 때는 오히려 칭찬받을 일이다.

애초부터 대공자의 패거리 모두가 마음에 들지 않았다.

누군가라도 죽여야 속이 후련할 터인데, 계속해서 참아만 왔던 우치다.

그러던 중에 마침내 이렇게 기회가 생겼다.

그리고 이런 기회를 그냥 놓칠 우치가 아니었다.

우치가 웃는 얼굴로 말했다.

"겁 없이 내 앞에 나타난 대가는 톡톡히 치러야 할 거야. 아, 너무 무서워하지는 말고. 너부터 보내고 그 이후에 네 부하들 하나씩 따라서 보내 줄 테니 말이야. 재수 없는 순서로 보낼 생각이니 비설이라는 계집부터……."

"그 입 닫아."

스르릉.

혁련휘가 파멸혼을 꺼내어 들었다.

그러고는 눈앞에 있는 자신만만한 표정의 우치를 향해 차갑게 쏘아붙였다.

"네 더러운 입에 오르내릴 이름이 아니니까."

8장. 어긋난 계책
— 생각보다 더 멍청하군

혁련휘의 말에 우치의 표정이 일그러졌다.

"하, 재미있는 새끼네. 하늘 무서운 줄 모르고 까부는 놈이라던데 그 말이 딱 맞는 것 같아."

비꼬는 우치의 말투, 그렇지만 슬쩍 화가 난 듯 보이는 겉모습과 달리 속으로 그는 치밀한 계산을 하고 있었다.

우치는 이미 싸움을 벌일 장소에 대한 모든 파악이 끝난 상황이다.

'이 공간은 내가 유리해.'

마음껏 내공을 뿜어 대며 싸우기엔 장소가 좋지 않다.

지하인 데다가 내부의 크기조차 이 정도 수준의 고수들

이 겨루기엔 너무나 비좁다.

둘이 내공을 쏟아 낸다면 지반이 흔들려 지하 내부 모두가 무너져 내리고야 말 것이다.

상황이 이러니 아무래도 내공 대결보다는 직접 주먹을 섞는 근접 박투술과 접근전이 주가 될 것이다. 그리고 그건 우치가 자신 있는 분야이기도 했다.

솥뚜껑만 한 주먹에서 뿜어져 나오는 괴력. 그 괴력을 저런 호리호리한 자가 버텨 낼 거라고는 보이지 않았다.

우치가 혁련휘를 도발했다.

"뭐해? 안 덤비고. 너부터 빨리 죽이고 네가 연모하는 그 비설이라는 계집년을 찢어 죽이러 가야 돼서 무척 바쁘거든."

비설을 모욕하는 그 말투에 가만히 서 있던 혁련휘의 신형이 갑자기 흐릿해졌다. 그리고 이내 방금 전까지 혁련휘가 서 있던 자리엔 그 무엇도 존재하지 않았다.

사라진 혁련휘, 그렇지만 우치의 감각엔 그의 움직임이 느껴졌다.

보이지 않을 정도로 빠른 속도로 접근해 오는 혁련휘의 파멸혼이 날아들었다.

휘리릭!

파멸혼의 잔영을 눈으로 확인한 우치가 손에 들린 섭선

을 마찬가지로 휘둘렀다.

카앙!

두 개가 충돌하는 순간 기다렸다는 듯이 우치는 빙그르르 돌며 반동을 이용해서 주먹을 휘둘렀다.

그의 커다란 주먹이 혁련휘의 옆구리를 치고 들어갔다.

그 순간 우치의 시야 끝자락에 마찬가지로 날아드는 혁련휘의 주먹이 보였다.

우치는 순간 고민했다.

피해야 하나?

허나 우치는 선택했다.

피하지 않는다.

어차피 둘의 공격이 동시에 틀어박힌다면 유리한 건 자신이다.

저런 주먹 한 방을 피하려고 지금 휘두른 회심의 일격을 거둘 필요는 없었다.

'살을 주고 뼈를 친다!'

어차피 불리한 쪽은 상대편이고 당연히 이 일격을 서로에게 꽂아 넣으면 자신이 몇 곱절 이상은 더 큰 타격을 입힐 거라 자신했다.

상대의 옆구리에 자신의 공격이 틀어박히려는 그 순간 눈두덩에 닿은 혁련휘의 주먹. 그 순간 우치의 모든 계획이 일그러졌다.

쾅!

머리가 띵했고 순간적으로 눈앞이 새카맣게 변했다. 머리에서부터 다리까지 일순 힘이 쫙 풀리는 바람에 그의 주먹 또한 힘을 잃었다.

결국 옆구리에 틀어박히려던 주먹이 허공을 갈랐고, 비어 버린 그의 상체에 혁련휘의 손바닥이 재빠르게 날아들었다.

파츠츠!

순간적으로 피어오른 뇌신의 기운이 손바닥을 타고 우치의 몸으로 빨려 들어갔다.

그의 몸이 허공으로 붕 뜨더니 그대로 공터 가운데 줄지어 서 있던 옷들에 뒤엉키며 바닥을 나뒹굴었다.

우치가 황급히 몸에 붙은 옷들을 마구 집어 던지고는 거칠게 숨을 내쉬었다.

"컥컥!"

이마가 깨질 듯이 아파 왔다.

더불어 혁련휘에게서 뿜어져 나온 뇌기 때문에 옷 앞부분이 타 버리듯 녹아 있었다.

살을 주고 뼈를 치려 했거늘, 오히려 그 반대가 되어 버렸다.

만약에 조금이라도 더 늦게 호신강기를 불러일으켰다면 아마도 머리가 으깨졌을지도 모른다.

우치가 비틀거리며 자신의 머리를 감쌌다.

'뭔 놈의 힘이 이렇게 세?'

호신강기를 뚫는 것으로 모자라 단 일격을 맞는 순간 정신을 잃을 뻔했다. 주먹 안에 쇠라도 박아 넣지 않고서야 이렇게 묵직한 충격을 준다는 게 쉬이 믿기 어려웠다.

하물며 저런 덩치의 사내에게서 이런 힘이라니…….

그리고 동시에 뿜어져 나왔던 괴이한 능력.

고개를 흔들며 애써 정신을 추스른 우치가 황급히 혁련휘에게 시선을 던졌을 때다.

혁련휘의 손바닥 위로 뇌기가 화산이 분출되듯 흘러넘치고 있었다.

그 모습을 보는 순간 우치의 눈동자가 쏟아져 나올 듯이 커졌다.

'저, 저건!'

어찌 저 무공을 모르겠는가.

우치에게 패배를 알게 했고, 무릎 꿇게 만든 무공이거늘.

저 무공은 다름 아닌 자신이 따르는 우두머리, 신도율의 것이다.

우치는 불현듯 예전의 일이 떠올랐다.

신도율은 혁련휘가 무공을 펼쳤던 곳에 남아 있는 흔적을 찾아오라는 명을 내렸고, 우치가 직접 커다란 바위를 그에게 가져다줬다.

그 바위를 목전에 둔 신도율은 미친 듯이 웃었다.

자신의 무공과 같은 걸 익혔다며 말이다. 그리고 더불어 혁련휘에게 파멸혼이라 불리는 천마의 무기가 있음도 알 수 있었다.

우치는 놀란 마음을 추스르며 혁련휘의 손에 들린 도를 바라봤다.

'깜빡하고 있었군. 저놈이 파멸혼을 가지고 있다 했는데 그럼 저 무기가……'

그리고 파멸혼을 신도율은 무척이나 가지고 싶어 했다.

우치는 다른 세 명이 자신과 동급으로 취급되는 것이 불만이었다.

그랬기에 파멸혼에 대해 기억해 내는 순간 하나의 욕심이 생겼다.

혁련휘의 목숨을 거두고, 파멸혼을 회수한다.

그러면 자신이 다른 셋보다 우위에 설 수 있을지도 몰랐다.

우치는 자신의 짓뭉개진 상의를 거칠게 움켜잡았다.

찌이익!

상의를 찢어서 옆으로 내던진 우치가 자신의 가슴을 내려다봤다. 뜨거운 것에 덴 듯이 빨갛게 달아올라 있는 가슴 부분의 상처에서 연신 찌릿거리는 고통이 밀려온다.

그렇지만 이 정도는 참을 만했다.

이보다 더한 고통들도 느껴 봤던 그니까.

우치가 자신의 커다란 덩치를 뽐내듯 어깨를 쫙 펴며 입을 열었다.

"이번 한 방으로 네가 이겼다고 생각하나 본데 착각하지 마. 이제부터 진짜로 상대해 줄 테니까."

"다행이네. 너무 시시해서 막 지루해지던 참이었거든."

"……은근히 사람 열 받게 하는 재주가 있네."

말과 함께 우치는 두 주먹에 내력을 불어 넣었다. 눈에 보기엔 별 차이가 없어 보였지만 막상 그와 마주하고 있는 혁련휘의 입장에서는 팔뚝이 두 배 이상은 두꺼워진 듯한 느낌을 받았다.

'온다.'

혁련휘의 시선이 우치의 발로 향했다.

거리를 좁혀 오는 움직임, 그걸 읽어야 한다.

방금 전에는 한 방 제대로 먹이긴 했지만 상대의 힘은 보통이 아니다.

더군다나 우치에게 유리한 싸움이라고는 하지만 환야를

꺾기까지 했던 자, 그리 만만하게 여기고 있지 않다.

우치의 발끝이 지면을 쓸었다.

동시에 그의 거구가 황소처럼 달려들었다.

달려드는 우치의 모습에서는 엄청난 박력이 터져 나왔다.

우치는 커다란 덩치에 어울리지 않는 민첩함까지 지닌 자다. 순식간에 다가온 그의 주먹이 혁련휘를 노렸다.

부웅!

날아드는 주먹을 혁련휘는 고개를 비틀면서 가볍게 흘려보냈다. 동시에 거리를 좁힌 혁련휘는 곧바로 땅을 발로 강하게 밟으며 팔꿈치를 우치의 명치에 박아 넣었다.

그렇지만 이번엔 우치가 조금 더 빨랐다.

내뻗었던 주먹을 펼치며 손바닥으로 재빠르게 변형시킨 그가 혁련휘의 얼굴을 그대로 옆으로 밀친 것이다.

자연스레 밀려 나간 그에게 우치가 양발을 들어 날아 차기를 날렸다.

초식 같은 것은 없어 보이는 잡스러워 보이는 공격.

그렇지만 그 일격에 담긴 힘은 태산마저 뒤흔들 정도였다.

황급히 양손으로 가슴 부분을 막은 혁련휘의 몸이 뒤로 밀려 나갔다.

그리고 밀려 나가는 것과 동시에 우치가 혁련휘를 향해 껑충 뛰며 주먹을 내질렀다.

혁련휘가 빠르게 발로 땅을 밟으며 허공에서 한 바퀴 회전했다.

동시에 우치의 주먹이 땅에 틀어박혔다.

쩌엉!

돌들이 사방으로 튀며 주변의 땅이 흔들렸다.

지하 내부의 공간이 무너지지 않게 내공은 최대한 자제하고 있었지만 그럼에도 불구하고 터져 나오는 힘이 이곳을 뒤흔들었다.

쿠르릉.

지진이라도 난 듯이 살짝 떨려 오는 땅, 그리고 동시에 사방에서 먼지가 풀풀 피어올랐다.

땅에 착지한 혁련휘는 곧바로 반대편에 들고 있던 파멸혼을 움직였다.

스르르릉!

번개처럼 휘둘러진 파멸혼의 도신에 불꽃이 넘실거렸다.

단번에 파멸혼을 집어삼킨 불꽃이 사방으로 그 뜨거운 열기를 뿜어냈다.

그런 혁련휘의 재빠른 반격에 우치 또한 섭선으로 공격을 받아 냈다.

쿠웅!

파멸혼을 받아 낸 우치가 그대로 뒤로 몇 걸음 물러섰다.

그 순간 팽이처럼 허공에서 회전하며 날아든 혁련휘의 발이 연달아 그를 밀어붙였다.

파파팍!

허공에서 한 호흡 만에 쏟아져 들어오는 수십 번의 발차기. 연신 팔목으로 막아 내던 우치가 급히 손을 뻗어 혁련휘의 발목을 움켜잡으려 했다.

발목만 잡는다면 곧바로 뼈를 으깨 버려 다시는 날뛰지 못하게끔 만들 생각이었다.

그렇지만 손이 닿으려는 순간 혁련휘는 그의 손바닥을 차면서 뒤로 거리를 벌렸다.

허공에 애꿎은 헛손질을 한 우치가 이를 갈았다.

'체엣, 망할 새끼가.'

얼얼한 팔목을 어루만지는 우치가 살짝 표정을 찡그렸다.

겉보기와 다르게 자신과의 힘 싸움에서도 전혀 밀리는 기색이 보이지 않는다. 거리를 좁히고 싸우는 박투술에서는 힘이 좋은 자신이 유리할 거라고만 생각했다.

그런데 아니다.

더욱 민첩하고 힘 또한 밀리지 않는 혁련휘의 공세에 오히려 말려들고 있는 느낌이다.

정교하게 딱 맞춰 내공을 운용하는 혁련휘의 움직임이 보다 깔끔했기에 상대적으로 우치는 자신의 실력을 제대로 뽐내지 못했다.

우치가 지하 공터 내부를 빠르게 살폈다. 높이 또한 그리 높지 않고, 충격을 버텨 줄 만한 기둥 같은 것도 없다.

아마 조금만 더 힘을 쓴다면 이곳 내부가 산산이 부서져 내릴 것은 자명한 사실.

그렇지만 더욱 큰 힘을 쏟아 내지 않고 단순히 기교를 섞은 박투술만으로 제압하기에는 상대의 능력이 너무 번거로웠다.

이곳이 자신의 공간이라 여겼던 처음의 생각은 거짓말처럼 사라졌다.

'장소를 바꿔야겠는데 문제는…….'

자신이 저 좁은 통로를 통해 빠져나가려고 해도 혁련휘가 그냥 두고 볼 리 없다는 거다.

오히려 지금 지리적인 위치상 혁련휘가 문가와 더 가깝다.

'스스로 나가게 할 방법이 없을까?'

고민하던 우치의 눈에 바닥에 마구 널브러져 있는 옷들이 보였다. 그리고 그걸 보는 순간 그의 눈동자가 번뜩였다.

이곳에서 나가지 않고는 버틸 수 없는 한 방법이 떠올랐기 때문이다.

지하 공터에서 보관 중이던 독의는 특이한 독을 품고 있다. 물을 이용해 옷에 스며들게 만드는 독인데, 반대로 불을 만나게 되면 독 기운이 사방으로 퍼져 나간다.

한마디로 독 연기를 뿜어낸다는 거다.

이 지하 공간이 독 연기로 가득 찬다면, 제아무리 혁련휘라 해도 이곳에서 싸움을 이어 가기 힘들 것은 자명한 사실.

방법이 떠오르자 우치는 망설이지 않았다.

그가 손바닥을 흔들자 바닥에 떨어져 있던 옷 중 하나에 훅 하고 불이 피어올랐다.

갑작스러운 우치의 행동에 혁련휘가 미간을 찡그린 채로 물었다.

"무슨 짓이지?"

"여기는 싸우기가 좀 불편해서 말이야. 조금 더 넓은 곳으로 옮기는 게 좋을 것 같아서."

말을 내뱉는 우치의 옆에서 피어오르던 연기에 점점 독기운이 실리기 시작했다. 그리고 그런 변화를 혁련휘 또한 감지해 냈다.

타오르는 옷에서 슬금슬금 피어오르는 괴이한 연기.

그 옷에서 독 기운이 뿜어져 나오기 시작한 걸 감지한 혁
련휘가 갑자기 문 쪽으로 다가갔다.

그런 혁련휘의 모습을 보며 속으로 쾌재를 부르던 우치
다.

그렇지만 그런 우치의 표정이 일그러진 것은 순식간이었
다.

열려 있던 문.

그것을 혁련휘가 오히려 닫아 버리고야 만 것이다.

혁련휘의 행동에 우치가 사색이 된 듯 소리쳤다.

"야이, 미친 새끼야! 머리가 어떻게 된 거 아냐? 이게 뭔
지 눈치를 못 채겠어? 이건 다름이 아니라⋯⋯."

"독이겠지."

무덤덤하니 대답하는 혁련휘를 보며 우치가 눈을 크게
뜬 채로 마치 그걸 알면서도 그런 짓을 벌인 거냐는 듯한
표정을 지어 보였다.

그런 그를 향해 혁련휘가 천천히 말을 이었다.

"너 생각보다 더 멍청하네."

"⋯⋯뭐?"

멍청하다는 말에 우치가 눈썹을 꿈틀하며 되물었을 때
다.

혁련휘가 손가락으로 자신이 있는 곳과 우치가 서 있는 쪽을 번갈아 가리키며 말했다.

"그 독 연기가 누구에게 더 불리할까는 생각 안 해봤어? 바로 옆에 독 연기를 피어 올린 너와, 그곳과 거리가 좀 떨어져 있는 나. 과연 누가 먼저 그 독에 피해를 볼까?"

우치가 피어 올린 불은 옆에 있는 옷에 옮겨 가기를 반복하며 점점 많은 양의 독 연기를 뿜어 대고 있었다.

그리고 그런 독기에 저항하기 위해 이미 우치는 내공을 사용하여 자신에게 침입하려는 독을 막아 내는 상황이었다.

반면에 혁련휘는?

아직 그에겐 이 지하 내부 공터에서 피어오르기 시작한 독 연기가 닿지 않은 탓에 전혀 아무런 문제도 없는 상황이었다.

그 말을 들은 우치는 그제야 얼굴이 붉으락푸르락하게 변했다.

자신이 벌인 일에 대한 치명적인 문제점을 이제야 알아차린 탓이다.

그런 그를 향해 혁련휘가 조롱 섞인 말을 쏟아 냈다.

"이게 엄청 괜찮은 계획이라 생각한 모양인데…… 이제는 좀 알겠어? 본인 발등을 스스로 찍고 있다는 걸. 그러니

까 멍청하면 머리를 쓰지 말고 몸을 쓰라고. 돌아가지도 않
는 머리를 억지로 쓰려고 하니까 이런 기도 안 차는 일을
벌이는 거 아냐."

"이 자식이!"

우치가 혁련휘가 자리하고 있는 쪽으로 황급히 달려들었
다.

그의 주먹이 거칠게 날아들었고, 혁련휘는 그것을 팔등
으로 받아 냈다. 이내 우치가 두꺼운 다리를 번개처럼 추켜
올렸다.

부웅!

고개를 뒤로 젖히는 것과 동시에 혁련휘는 최소한의 움
직임으로 자리를 지켰다.

타앙!

땅을 밟는 발에 힘을 주는 것과 동시에 어깨로 가까이에
있던 우치를 밀쳐 냈다. 충격은 그리 크지 않았지만 우치는
다시금 옷들이 쌓여 있는 쪽으로 밀려나가야 했다.

그런 혁련휘의 행동에 조급해진 건 우치였다.

혁련휘는 독 연기가 풍겨져 나오는 이곳과는 가장 반대
편에 위치하고 있다.

그리고 그러한 이점을 이용하기 위해서인지 그 자리를
뺏기지 않겠다는 듯 발을 땅에 붙이고는 함부로 움직이지

않았다.

불을 끌 수는 있다.

그렇지만 이미 공기 중으로 흩어져 가는 이 독 기운만큼은 어쩔 수 없는 상황이다.

'젠장, 옷 한두 벌 정도 태우는 것으로 겁을 주고 바깥으로 나가려 했는데 이게 무슨 꼴이야?'

연달아 붙어 버린 불 때문에 적잖이 많은 독의들이 먼지가 되어 사라졌다. 이 독의들을 지켜 내려 했던 우치의 계획은 이미 그것에서부터 산산조각이 난 셈이었다.

결국 이 불길이 독의를 집어삼킬 걸 알기에 우치는 화가 치밀었다.

그렇지만 지금은 그게 문제가 아니다.

혁련휘의 말대로 밀려드는 독기가 계속해서 우치를 번거롭게 만들었다.

어지간한 독 정도야 문제도 되지 않는 경지에 올랐지만 독의에 묻어 있던 독은 무척이나 위험한 것이었다.

신도율을 따르는 네 명 중 하나인 독마수 소일홍이 마교의 수뇌부들을 제거하기 위해 몇 년에 걸쳐 어렵사리 구해 낸 독이 아니던가.

그런 독이었기에 보다 오랫동안 노출된다면 제아무리 우치라고 한들 위험해질 수도 있는 상황이다.

그런데 혁련휘는 저 문가에 선 채로 미동도 하지 않고 있었다.

절대 저 자리를 내주지 않으려는 속셈이 명백히 보였다.

물론 조금만 지난다면 공기 중으로 퍼지기 시작한 독기가 혁련휘에게도 영향을 미치겠지만, 그렇다 한들 피해는 가까운 곳에 있는 우치 쪽이 훨씬 클 수밖에 없었다.

이미 장시간 노출되고 있었으니 말이다.

'……저놈은 절대 안 비킬 거야.'

상대가 만만한 자라면 문제도 되지 않을 게다.

죽이고 문을 통해 걸어 나가면 그만이니까.

그렇지만 혁련휘는 절대십마 중 한 명을 죽일 정도의 무인이다.

그런 그를 상대로 빠른 승부를 보기 위해서는 그나마 내공을 쓴 파괴적인 한 수를 펼쳐야 가능한 일이다.

허나 이 지하 내부에서 제대로 내공을 개방했다가는 졸지에 쏟아져 내리는 흙과 돌들에 파묻혀야만 하는 상황이 아니던가.

고민은 깊었지만 답은 하나였다.

'결국 최악의 수를 둬야 하는군.'

다소 위험 부담이 있긴 하지만 지금 이런 난관을 빠져나갈 방법은 하나뿐이다.

지금까지 가장 꺼려 하던 것, 바로 이 지하 내부를 박살 내는 것이다. 그러면 위쪽 벽이 붕괴할 것이고, 비어 있는 공간으로 흙과 돌들이 쏟아져 내릴 게 분명하다.

그걸 버틴다.

버티고 서서 바깥으로 빠져나가야만 한다.

그렇지 않으면 이곳에서 독에 중독되고야 말 테니까.

우치가 여태까지와는 다르게 갑자기 내공을 끌어모으기 시작했다.

그의 몸 주변으로 아지랑이처럼 푸른 기운이 스멀스멀 피어올랐다.

우치를 바라보던 혁련휘가 차가운 목소리로 입을 열었다.

"네 대답은 그건가."

"닥쳐, 이 새끼야. 어디 한번 누가 사나 보자고."

말을 마치는 순간 우치의 몸 주변으로 몰려들던 기운이 그의 손바닥에서 매섭게 회전했다.

우치는 망설이지 않았다.

그가 집중시킨 힘을 바닥으로 내리꽂았다.

쿵! 쿠쿠쿠쿠쿠쿠!

일격을 당하는 순간 흔들리기 시작한 내부의 공간은 이내 걷잡을 수 없이 떨려 왔다. 그리고 이내 천천히 허리를 편 우치와 혁련휘의 사이로 흙과 돌들이 사정없이 떨어져 내렸다.

거미줄 모양으로 금이 가기 시작한 지하 공간 자체가 무너지기 시작한 것이다.

모든 것이 사라지는 그 공간에서 혁련휘와 마주한 우치가 씩 웃었다.

그리고 그 웃음과 함께 둘 사이의 공간은 흙과 돌로 사라졌다.

동시에 새카만 어둠과 커다란 무게가 우치를 짓눌렀다.

"크아아악!"

그는 고개를 숙인 상태에서 어깨를 향해 떨어져 내리는 돌을 받아 냈다.

흙과 돌들이 사정없이 어깨를 짓눌렀지만 우치는 이를 악물고 버텨 냈다.

지하의 빈 공간으로 떨어져 내리는 돌은 생각만큼 적은 양이 아니다.

인근의 지반이 흔들리며 수도 없이 많은 것들이 변하고, 그 모든 것들이 지하로 빨려든다.

더군다나 이 지하의 위에 있던 건물들마저도 무너지는 건 당연하다.

그 모든 것들이 덮쳐 왔지만 우치는 양발을 크게 벌린 채로 그것들을 어깨로 받아 냈다.

드드득!

어깨가 비틀리는 소리에 우치는 표정을 구겼다.

동시에 사방으로 날뛰는 흙과 먼지들이 고함을 지르던 입 안으로 밀려들었다.

지진을 연상케 하는 천재지변이 온 주변을 휩쓸고 간 지 어느 정도의 시간이 지났을 무렵.

결국 사정없이 쏟아져 내리던 많은 것들이 그 끝을 고하고 있었다.

쏴아아아.

어깨로 짊어지고 있는 돌들 사이에서 거칠게 떨어져 내리는 흙 소리와 함께 우치의 코로 아까까지와는 다른 상쾌한 공기가 밀려들었다.

우치는 알 수 있었다.

'……바깥이다.'

그제야 우치는 양손과 어깨로 받아 내고 있던 커다란 돌들을 옆으로 내던졌다.

콰아앙!

장정 수십 명의 무게를 어깨에 짊어지고 있던 우치가 돌을 옆으로 내던지고 천천히 고개를 치켜들었다.

주변은 말로 표현하기 힘들 정도로 엉망이 된 상황이다.

지하 내부의 공간을 채우기 위해 무너져 내린 인근의 건물들과 땅들은 마치 회오리에 휩쓸린 것처럼 엉망이 되어 땅으로 푹 꺼져 있었다.

우치는 하늘에 떠 있는 달을 확인하고는 히죽 웃어 보였다.

"반갑다."

달을 향해 웃음을 지어 보인 그가 슬쩍 고개를 돌려 혁련휘가 있었던 쪽으로 시선을 던졌다. 그곳엔 아무런 것도 존재하지 않았다.

우치가 비웃는 듯이 입꼬리를 씰룩거리며 중얼거렸다.

"뭐야? 설마 이 정도도 못 버티고 파묻혀 뒈진 건 아니겠지?"

혼잣말을 하듯 울리는 우치의 목소리.

그렇지만 그 말이 들리는 순간 땅속에서 차분한 목소리가 흘러나왔다.

"그럴 리가 없잖아."

그 소리와 함께 갑자기 땅에 있던 흙들이 공중으로 팍 하고 치솟았다.

동시에 아래에서 모습을 드러낸 혁련휘.

그렇지만 혁련휘의 모습을 보는 순간 우치의 얼굴에 걸려 있던 미소가 사라졌다.

생각보다 큰 타격을 입었어도 이상할 게 없는 상황.

그렇지만 혁련휘는 멀쩡했다.

아니, 옷에 흙 하나 묻지 않고 걸어 나오고 있었다.

지하에 파묻혔던 자가 어떻게…….

그렇지만 굳이 설명을 듣지 않아도 우치 또한 금방 그 이유를 알 수 있었다.

혁련휘가 익힌 무공, 그것은 신도율의 것과 같았으니까.

바람의 힘을 이용해 만들어 내는 방어술.

풍신갑이다.

바람의 힘으로 주변을 겹겹이 에워싼 탓에 쏟아진 흙과 돌들이 혁련휘에게 닿지 못했던 것이 분명하다.

혁련휘는 발 주변에 굴러다니는 돌멩이들을 툭툭 차고는 힐끔 고개를 들어 우치를 바라봤다.

그러고는 혁련휘가 짧게 말을 이었다.

"덤벼. 죽여 줄 테니까."

9장. 격차

— 이게 가능해?

우치는 자신의 섭선을 들어 올렸다.

죽여? 누가 누굴 죽인단 말인가. 지하에서는 자신이 다소 밀린 건 사실이지만 제 실력을 뽐낸다면 문제가 없을 거라 자신했다.

인근에 사람의 기척은 느껴지지 않는다.

큰 붕괴가 있었기에 오히려 가까이 있던 이들은 놀라 도망갔을 것이다.

게다가 대부분이 가게로 되어 있는 구역이다 보니 이 시간이라면 다들 문을 닫고 집에 가 있을 공산이 크다.

덕분에 땅이 붕괴되어 사라지는 큰 참사가 있었음에도

불구하고 아무런 인명 피해도 없었다.

그리고 다행히 아직까지 사람이 몰려올 기색도 보이지 않는다.

상대는 마교의 대공자, 그리고 이곳은 그런 그들의 심장부다.

누군가가 지금 상황을 본다면 추가 병력이 움직일 것은 굳이 깊게 생각해 보지 않아도 알 수 있는 부분이다.

우치는 섭선에 내공을 실었다.

혁련휘 또한 그런 그와 마주한 채 보다 편한 자세로 파멸혼을 움켜쥐었다.

내부 공간에서 파멸혼을 제대로 휘두르지 못한 건 혁련휘도 마찬가지였다.

둘 사이에 흐르는 미묘한 긴장감.

그리고 그 긴장감을 끊으며 우치가 움직였다.

그의 발이 아래에 있던 커다란 돌을 올려 찼다. 돌이 먼저 혁련휘에게 날아들었다. 마치 암기라도 된 것처럼 쏘아져 들어오는 머리통만 한 크기의 돌이 시야를 가렸다.

그렇지만 돌은 혁련휘에게 닿기도 전에 부서지고야 말았다.

손끝에서 쏟아져 나온 기운이 돌을 갈라 버린 탓이다.

퍽!

반으로 갈라진 돌이 양옆으로 떨어져 나갈 때였다. 섭선을 쫙 펼친 채로 다가온 우치의 몸이 화려하게 움직였다.

촤르륵! 촤악!

순식간에 머리를 기점으로 해서 허리춤까지 수십 번의 공격이 오고 갔다.

혁련휘는 파멸혼을 세운 채로 날아드는 공격을 막아 냈다.

재빠르게 공격을 받아 내는 사이 우치의 기운이 폭발했다. 손바닥으로 모여든 회오리가 폭풍이 되어 혁련휘에게 밀려들었다.

그리고 밀려드는 우치의 장법을 향해 혁련휘 또한 손바닥을 움직였다.

갑자기 솟아오른 물줄기가 거칠게 장법을 집어삼켰다. 우치의 장력을 무(無)로 돌린 걸로 모자라다는 듯 그 공격은 곧바로 우치를 향해 달려들었다.

맹렬하게 앞으로만 치고 나오던 우치는 자신을 향해 밀려드는 혁련휘의 장력을 황급히 섭선을 펄럭여서 옆으로 흘려보냈다.

콰앙!

땅에 박히는 혁련휘의 장력이 큰 폭음과 함께 터져 나갔다.

동시에 혁련휘의 파멸혼에 뇌기가 밀려들었다.

"뇌신강림."

중얼거림과 함께 쏟아져 나온 뇌기가 주변을 뒤덮듯 떨어져 내렸다.

터져 나온 강렬한 기운에 우치는 황급히 내공을 불러일으키며 그 힘에 저항해야만 했다.

사방으로 날뛰기 시작한 뇌기가 우치마저 집어삼켰다. 그렇지만 그 뇌기의 폭풍우 속에서도 우치는 내공을 끌어올렸다.

섭선 위로 보통 검보다는 훨씬 긴 크기의 강기가 치솟아올랐다.

강기가 혁련휘의 뇌기를 갈랐다.

"흐아압!"

고함 소리와 함께 달려든 우치의 일격이 폭발했다.

쿠웅!

떨어져 내리는 강기, 그리고 그 순간 주변에 엉망으로 널브러져 있던 돌들이 사방으로 휘몰아쳤다.

쿵쿵쿵!

거리를 좁혀 온 우치는 곧바로 혁련휘를 향해 섭선을 거세게 휘둘렀다. 강기에 휩싸인 섭선은 세상 그 어떠한 단단한 물건도 두부처럼 잘라 버릴 정도로 날카로웠다.

휙휙.

휘둘러지는 섭선을 피해 낸 혁련휘의 손바닥이 비어 있는 우치의 어깨에 틀어박혔다.

퍼엉!

가죽이 터지는 소리와 함께 어깻죽지에서 피가 터져 나왔다.

그리고 그 순간을 놓치지 않고 혁련휘는 파멸혼의 뒤쪽으로 우치의 어깨를 내려찍었다.

장력을 허용하며 피가 터져 나왔던 부분이 재차 가격당하자 우치의 입에서는 절로 신음 소리가 흘러나왔다.

"끅⋯⋯!"

그렇지만 아파만 하고 있을 상황이 아니었다.

혁련휘의 공격이 이어지고 있었으니까.

정확하게 목을 수도로 올려친 혁련휘는 곧바로 주먹으로 우치의 안면을 후려쳤다.

수도로 목을 맞는 바람에 잠시 숨도 쉬지 못할 정도의 충격을 받았던 우치지만 그 또한 당하고만 있지는 않았다.

안면에 일격을 허용하는 것과 동시에 발로 혁련휘의 가슴을 냅다 걷어찬 것이다.

빡!

내공과 체중이 실린 일격에 혁련휘 또한 뒤로 밀려나갔

고, 표정 또한 슬쩍 일그러졌다.

우치는 입 안이 터졌는지 피를 한 움큼 뱉어 내며 이를 갈았다.

"이 새끼가!"

숨을 헐떡거리며 서 있는 우치를 향해 혁련휘가 말했다.

"옷이라도 있으면 입혀 주고 싶군. 보기 흉측해서."

지하에 있을 때 옷을 찢어서 던진 탓에 그의 상반신은 적나라하게 드러나 있었다. 당장이라도 흘러내릴 것만 같은 비대한 살집.

그런 혁련휘의 말에 우치가 살기등등한 눈빛으로 대꾸했다.

"걱정하지 마. 널 죽이고 네놈 가죽을 벗겨 내 옷으로 쓸 테니 말이야."

"그럼 평생 옷 입을 일이 없겠군."

"언제까지 그리 까부는지 보자고."

입가를 스윽 닦아 내며 우치는 다시금 자세를 잡았다. 손을 섞으면 섞을수록 느끼는 건데…… 생각보다 까다로운 상대다.

혁련휘의 일행 중 두 명과 손을 섞어 봤다.

살수의 무공인 암흑류를 자유자재로 구사하던 환야, 그놈은 빠르고 날카로우면서도 끈덕진 자였다. 결국 자신 또한 환야에게 배 아래에 부상을 입었었다.

그리고 비설.

그녀는 무척이나 힘든 상대였다.

민첩하고, 백전노장을 연상케 할 정도로 능수능란하게 움직였다. 거기다 알 수 없는 움직임까지.

결국 물러나야 했기에 끝까지 싸우지 못했지만 우치 또한 승부를 장담하지 못했던 게 사실이다.

그런데 또 눈앞에 있는 이 사내는 다르다.

빠르고 정확하다.

그러면서 동시에 임기응변에 능하면서 위험한 힘까지 지니고 있다.

저 정도의 덩치를 지닌 자가 자신을 상대하면서 전혀 힘으로 밀리지 않는다는 것 자체가 당황스러운 일이다.

거기에 위험한 무공까지 지닌 상대.

우치는 쫙 펼친 섭선을 들고 부드럽게 허공을 휘저었다. 의미 없어 보이는 모습, 그렇지만 그런 섭선이 움직인 길을 따라 허공에 새하얀 기운들이 서리기 시작했다.

동시에 양팔에 들어가기 시작한 내력이 한계를 넘어서자 그의 팔뚝이 터질 듯이 팽창하기 시작했다.

스스로의 신체를 보다 싸움에 적합하게 만드는 기공.

그가 섭선을 움켜쥘 때였다.

피이잇!

날카로운 선과도 같은 빛살이 빠른 속도로 혁련휘에게 날아들었다.

수십 개에 달하는 공격이 밀려들자 그는 재빠르게 땅을 박차고 허공에서 눕듯이 몸을 기울인 채로 회전했다.

빠른 속도로 스치고 지나가는 공격들, 그리고 일부는 회전하는 와중에 휘둘러지는 파멸혼에 의해 사방으로 날뛰었다.

그리고 회전의 횟수가 많아질수록 파멸혼에 맺힌 뇌기가 더욱 강렬하게 꿈틀거리기 시작했다.

수십 가닥은 되어 보이던 뇌기가 하나의 기운으로 변하는 순간.

번쩍!

섭선에 모여든 강기를 뿜어내고 있던 우치의 눈앞에 새하얀 빛이 밀려들었다. 그리고 우치는 그 힘의 정체를 잘 알았다.

오래전 신도율에게서 이 공격을 받아 본 적이 있기 때문이다.

일도필살(一刀必殺)!

일격에 반드시 죽인다는 말이 어울리는 치명적인 한 수.

뇌신참(雷神斬)이다.

몰랐다면 그냥 당했을 수도 있다. 그렇지만 다행히 이 뇌신참에 대해 잘 알았기에 우치는 황급히 호신강기를 극한으로 끌어 올렸고, 더불어 강기를 공격이 아닌 방어를 위한 수로 돌렸다.

날아드는 뇌신참을 막아 내기 위해 그의 섭선이 뻗어졌다.

두 개의 힘이 맞닿는 순간 그곳을 기점으로 한 파장이 구를 이루며 주변으로 빠르게 밀려 나갔다. 그리고 그 안에 있는 것들은 거짓말처럼 먼지가 되어 사라져 나갔다.

빛무리가 어두운 밤하늘을 밝혔다가 사라졌고, 그 안에는 우치가 자리하고 있었다.

가뜩이나 좋지 못했던 행색은 이번 일격으로 인해 더욱 나빠졌다.

우치의 새하얗게 질린 얼굴에 식은땀이 주르륵 흘러내렸다.

손에 들린 섭선은 박살이 나 있었다.

조각조각 깨어진 섭선. 그가 쥐고 있던 손잡이 부분을 바닥에 내던지고는 슬그머니 손을 내려 자신의 명치 부분을 어루만졌다.

그곳에서는 이질적인 딱딱한 뭔가가 느껴졌다.

부서진 섭선의 일부가 명치에 틀어박힌 것이다.

우치는 이를 악물고 명치에 박힌 섭선의 조각을 뽑아냈다.

치명상은 피했다.

그렇지만…….

'이놈…… 내가 처음 만났을 때의 대장보다 훨씬 강해.'

그땐 몰라서 당했다 여겼다. 그렇지만 지금은 아니었다.

아직까지도 뇌리에 남아 있던 십 년도 더 전에 있었던 패배. 이후 그때의 장면에 대해 수십, 아니 수백 번 이상은 고민했다.

그 고민을 통해 나름의 답도 만들어 냈다.

그렇게 내놓은 답이 바로 지금의 행동이다.

그런데 상황은 이랬다. 섭선은 박살이 났고, 자신에게 그 조각이 틀어박혀 있다.

자신의 생각이 틀렸던 것일까?

아니, 그게 아니다.

더 강하기 때문이다. 지금 눈앞에 있는 이자가 자신이 알던 신도율이라는 사내보다 훨씬 더 강한 것이다.

물론 신도율의 뇌신참을 받았던 건 옛날의 일이라 지금의 실력과는 큰 차이가 있긴 하겠지만, 이것만으로도 우치는 적잖은 충격을 받았다.

신도율을 처음 봤을 때 우치는 생각했다.

이자는 괴물이라고.

이토록 어린 나이에 어떻게 이런 경지에 오를 수 있는지 감탄하면서도 시기했다. 세상에 다시 나올 수 없는 천부적인 재능이라 여겼다.

그런데…… 그런 생각이 깨어졌다.

같은 나이 때의 신도율을 뛰어넘는 자가 지금 눈앞에 있었으니까.

'이게…… 가능해?'

이자에게 몇 년의 시간이 더 있었다면?

생각만 해도 소름이 돋는다.

그리고 한편으로 다행이란 생각이 들었다.

이 사내의 시대가 펼쳐지기 전에 자신들의 모든 준비가 끝났다는 사실이.

더욱 강해지기 전에 싹을 제거할 수 있다는 것이 얼마나 안심이 되는지 모르겠다.

놀란 우치를 향해 말도 안 되는 일격을 날린 혁련휘가 무표정한 얼굴로 입을 열었다.

"운이 좋네. 뱃살 덕분에 살았어."

명치에 틀어박히긴 했지만 장기에까지 손상을 주진 않았다.

혁련휘의 말대로 워낙 살집이 있는 탓에 반 정도가 틀어박혔음에도 불구하고 장기 근처까지도 가지 못한 덕분이다.

무덤덤한 혁련휘의 말투, 그렇지만 우치는 그사이 머리를 굴리고 있었다.

'어쩌지?'

뇌신참을 받고 나서 알았다.

쉽게 지진 않을 것이다. 그렇지만…… 자신은 이자를 이기지 못한다.

그리고 시간을 끌면 끌수록 불리한 것은 자신이다.

소란이 있었으니 결국 마교의 무인들이 올 것이고, 그건 실로 최악의 상황이다.

다만 문제는 혁련휘를 떨치고 도망칠 수도 없다는 거다.

가만히 선 채로 머뭇거리는 우치를 보며 혁련휘가 말했다.

"방금 전까지만 해도 마구잡이로 달려들더니 그새 꼬리를 만 건가? 거기다 눈알을 데굴데굴 굴려 대는 꼴을 보아하니 뭔가 또 잔머리를 쓰려는 모양이고."

"……."

혁련휘의 도발에도 우치는 아무런 대꾸도 하지 못했다. 그럴 여유가 없었으니까.

어떻게 이 상황에서 빠져나갈까만 생각하던 우치를 향해

혁련휘가 걸음을 옮겼다. 말을 하지 않았지만 이미 눈빛에서 우치의 속내를 어느 정도 파악한 상태다.

이 싸움을 이어 가고 싶지 않아 하는 기색이 역력했으니까.

독의를 이용해 그들의 정체를 파악하려던 계획이 우치의 등장으로 인해 망가졌다.

그렇지만 그 대신으로 새로운 단서가 될 수 있는 인물을 눈앞에 두고 있다.

그런 그가 도망치는 걸 두고 볼 생각은 결단코 없었다.

더군다나 이자가 비설을 노리고 있다는 사실을 알기에 더더욱.

예상대로 혁련휘가 거리를 좁히며 들어오자 우치는 자신의 고민을 거뒀다.

'젠장, 역시나 호락호락 보내 주진 않는군.'

혹시 모를 도주를 대비하기 위해 거리를 좁혀 오는 혁련휘의 모습에서 우치는 그의 생각을 읽었다.

이 상태로 그냥 도주했다가는 오히려 뒤만 잡히는 꼴이 될 거라는 걸 알기에 우치는 박살이 난 섭선을 대신하여 주먹을 치켜들었다.

지금으로선 최대한 혁련휘를 멀리 날려 버리고 눈을 어지럽힌 후에 도망치는 것만이 최선의 선택이다. 가능하다

면 다리에 부상을 입혀 자신을 쫓는 게 여의치 않게 만든
다.

파멸흔에 다시금 뇌기가 일렁였다.

그렇게 두 사람의 거리가 점점 좁혀져 가는 순간 혁련휘
가 승부를 내려는 듯이 갑자기 발을 박차고 속도를 올리려
했다.

막 두어 걸음 뛰어드는 순간 앞으로 움직이던 혁련휘가
갑자기 몸을 비틀며 회전했다.

그리고 그 순간 혁련휘의 발이 닿으려던 곳에 일렬로 십
여 개에 달하는 암기가 틀어박혔다.

파파팍!

뒤로 회전하며 착지한 혁련휘가 무릎을 굽힌 채로 고개
를 치켜들었다.

혁련휘의 시선이 향한 곳은 둘이 싸움을 벌이고 있는 커
다란 구덩이에서 다소 떨어진 곳에 위치한 삼 층짜리 전각
의 지붕 위였다.

그 지붕의 위쪽에서 달빛을 등지고 한 명의 여인이 모습
을 드러냈다.

녹색의 옷을 걸친 여인은 요사스러운 미소를 입에 머금
고 있었다.

어디에서 봐도 눈에 띌 정도의 화사한 미모의 여인. 그리

고 얇고 긴 손가락 사이에 끼어져 있는 여러 개의 비수들이
달빛을 머금은 채 번쩍거리고 있었다.

여인의 정체는 바로 신도율을 따르는 네 명의 인물들 중
한 명인 독마수 소일홍이었다.

신도율의 여인.

그리고 오래전 신도율과 혁무조와의 싸움에서 치명적인
독을 써서 교주인 그를 중독시킨 장본인.

소일홍이 놀랍다는 듯이 말했다.

"그 와중에도 내 움직임을 읽었나 보네?"

"……누구냐."

"나?"

혁련휘의 질문에 자신을 가리키며 되물은 그녀가 이내
웃는 얼굴로 말을 이었다.

"네가 찾는 사람들 중 하나."

소일홍의 등장에 우치의 표정이 한결 밝게 변했다. 지금
만큼 저 여자가 반가웠던 적은 처음이다.

소일홍이 삼 층 전각 위에서 훌쩍 몸을 던져 혁련휘와 우
치가 대치하고 있던 구덩이 안으로 뛰어내렸다.

아무렇지 않게 착지한 그녀가 우치를 바라보며 말했다.

"너한테 맡기고 마음이 안 놓여서 와 봤는데…… 그러길
잘했네. 대체 이게 무슨 일이야?"

"보면 모르겠냐. 대공자한테 이미 걸렸더라고."

"하아, 하여튼 이래서 능력 없는 놈들한테 중책을 맡기면 안 되는 거라니까?"

짜증 가득한 목소리로 중얼거리는 소일홍이 힐끔 혁련휘를 바라봤다.

맞은편에 서 있던 혁련휘 또한 갑자기 나타난 그녀의 정체를 유추하고 있는 중이었다. 처음엔 환야와 누이처럼 지냈다는 유영인인가 싶기도 했지만 그런 생각은 금방 접었다.

환야에게 들었던 인상착의와는 너무도 달랐기 때문이다.

그렇게 되니 자연스레 떠오른 것이 바로 지하 내부에서 혁련휘가 숨어 있는 것도 모르고 우치가 떠들어 대던 이름이었다.

소일홍.

혁련휘가 생각난 그 이름을 끄집어냈다.

"네가 소일홍인가."

혁련휘의 입에서 자신의 이름이 나오자 그녀는 당황한 듯 움찔했다.

우치야 이미 몇 번이고 이들 앞에 모습을 드러냈고, 대공자의 수하 중 한 명과 인연이 있다 하니 이름을 알 수 있다 여겼다.

그렇지만 자신은 전면에 한 번도 나선 적이 없는데 대체 어떻게…….

소일홍이 물었다.

"내 이름을 어떻게 알았지?"

"저기 네 뒤편에 있는 놈이 말해 주더라고. 교활한 년이라는 욕과 함께."

"뭐? 교활한 년?"

소일홍이 자신의 뒤편에 있는 우치를 매섭게 노려봤다.

그런 그녀의 눈빛에 우치는 움찔하고는 이내 손사래 쳤다.

"야야, 저 말을 믿어? 우리를 이간질시키려는 거 아냐."

"……적어도 내 이름을 발설한 건 네 짓이겠지."

우치의 변명을 믿진 않지만 소일홍 또한 지금 이 같은 것에 대해 그에게 따지고 있을 상황이 아님을 잘 알았다.

소일홍은 허리에 차고 있던 검을 꺼내어 들었다.

그러고는 뒤편에 있는 우치를 향해 빠르게 말했다.

"네 돼먹지 않은 개소리는 나중에 들을게. 지금은 빨리 처리나 하자고."

독의를 이용해 마교 수뇌부를 흔드는 계획은 물거품이 됐다. 그런 지금 눈앞에 더욱 큰 먹잇감이 모습을 드러냈다.

이 기회를 놓칠 순 없었다.

소일홍의 말에 우치는 고개를 끄덕였다.

혼자서라면 힘들었겠지만 둘이라면……

소일홍은 뒤편에 있는 우치에게 간단하게 수신호를 보내고는 먼저 치고 들어갔다.

차앙!

낭창낭창 휘는 검이 혁련휘의 얼굴을 노렸다.

타앙! 탕!

재빠르게 검을 쳐 내는 걸로 모자라 공격적으로 밀어붙이는 혁련휘의 공격에 소일홍은 급히 손을 사방으로 움직이며 그것들을 받아넘겼다.

그리고 그 틈을 이용해 옆에서 우치가 득달같이 달려들었다.

그의 주먹이 혁련휘의 옆구리를 치고 들어왔다.

그렇지만 주먹이 채 닿기도 전에 혁련휘는 팔꿈치로 그 공격을 받아 냈다.

동시에 우치의 주먹과 혁련휘의 팔이 반대편으로 튕겨져 나갔다.

자세가 무너진 순간 기다렸다는 듯 소일홍이 찌르고 들어왔다.

검 끝에 실린 기운이 혁련휘의 옷깃을 찢어발겼다. 그렇지만 정작 목표한 혁련휘는 너무도 멀쩡했다. 공격을 흘린 그가 곧바로 소일홍의 무릎을 걷어찼다.

빡!

갑작스레 밀려온 충격에 그녀의 균형이 아래쪽으로 내려 앉을 때였다.

우치가 급히 움직이며 혁련휘의 다음 움직임을 저지했다.

몸통으로 그를 들이받았고, 그 탓에 혁련휘는 뒤로 밀려나갔다.

그 덕분에 가까스로 자세를 다시 고쳐 잡은 소일홍이 우치와 함께 동시에 달려들었다.

그녀의 검이, 우치의 주먹이 혁련휘를 덮치고 들어갔다.

순간 혁련휘가 파멸혼을 크게 원을 그리듯 휘둘렀고, 그 주변으로 불꽃의 잔영이 뜨거운 열기와 함께 피어올랐다.

달려들던 둘은 그런 혁련휘의 일수에 오히려 놀란 듯 뒤로 물러서야만 했다.

조금만 방비가 늦었다면 뜨거운 불꽃이 전신을 집어삼킬 뻔한 순간이었다.

놀라 주춤거린 그 둘을 향해 혁련휘가 뛰어들었다.

그의 파멸혼이 소일홍을 향해 날아들었다. 다급히 검을 세워 막아 낸 그녀였지만 힘을 견디지 못했는지 바닥을 나뒹굴었다.

다급히 일어난 그녀가 웩 하고 피를 토했다.

그 순간 소일홍의 머리를 향해 파멸혼이 떨어져 내렸다.

그걸 막기 위해 재차 우치가 달려들었지만 이번엔 아까처럼 일이 잘 풀리지 않았다.

예상이라도 했다는 듯이 슬쩍 비켜서며 곧바로 팔꿈치로 옆구리를 찍어 버린 것이다. 우치의 몸이 낫 모양으로 휘는 순간 잠시 주저앉아 있던 소일홍이 기회를 놓치지 않고 튀어 올랐다.

빠른 쾌검이 순식간에 펼쳐졌다.

촤악촤악촤악!

수십 개의 잔영이 혁련휘의 전신을 난도질할 듯이 밀려들었다.

그렇지만 풍신갑으로 몸을 보호한 그 상태 그대로 혁련휘의 파멸혼이 도리어 날아드는 검기를 쪼개며 떨어져 내렸다.

양손으로 검을 움켜쥐고는 억지로 그 공격을 받아내긴 했지만 소일홍은 어깨가 무너져 내린 게 아닐까 의심해야 할 정도의 고통에 휩싸였다.

손바닥이 저릿거렸고, 코와 입, 귀에서 당장이라도 피가 터져 나올 것 같았다.

물론 그 대가로 혁련휘 또한 그녀의 검기에 자잘한 검상 몇 개를 입긴 했지만 거의 주저앉다시피 무너진 소일홍에 비해서는 훨씬 나은 상황이었다.

그 순간 번개처럼 날아오른 우치의 주먹이 허공을 가르고 날아들었다.

쏴아아아!

권강이 실린 주먹.

주변의 것들이 무서울 정도로 밀려 나가며 동시에 커다란 힘이 혁련휘의 지척에 이르러 터져 나갔다.

폭풍우에 휩싸인 듯 혁련휘의 몸이 튕겨져 나갔다. 그렇지만 그는 결국 허공에서 회전하며 어렵지 않게 두 발로 바닥에 착지했다.

혁련휘가 입 안에서 밀려 나오는 피를 손등으로 스윽 닦아 냈다.

그리고 짧은 틈을 이용해 혁련휘가 파멸혼을 비틀었다.

아무것도 보이지 않았다.

그렇지만 우치는 직감적으로 위험을 느끼고는 바닥에 주저앉아 있던 소일홍의 옷깃을 움켜쥐고는 그대로 옆으로 몸을 날렸다.

우치와 소일홍이 사라지기 무섭게 그 둘이 있던 공간에 날카로운 칼바람이 몰아쳤다.

파파파팡!

멀리까지 몸을 날린 채로 소리가 난 방향을 바라보던 소일홍이 당황한 얼굴로 우치를 향해 전음을 날렸다.

『……이 자식 뭐야? 우리가 파악한 것보다 훨씬 더 강하잖아.』

『협공을 한다 해도 빠르게 끝내야 해. 시간이 지체되면 아마도 마교의 무인들이 몰려올 거야. 얼마 정도 여유 시간이 있을 것 같아?』

우치의 물음에 소일홍은 입술을 깨물었다.

협공을 당하는데도 불구하고 밀리는 기색 하나 없이 받아치는 혁련휘의 실력은 너무나 뛰어났다.

소일홍이 재차 전음을 보냈다.

『더 오래 싸워 봤으니 네가 판단해. 내가 생각하기에 마교의 무인들이 밀어닥칠 때까지 길어 봤자 반 각이야. 그 안에 끝낼 수 있겠어?』

『……저놈이 실수를 하지 않는 한 힘들 것 같은데.』

대답을 하는 우치도, 그걸 듣는 소일홍도 쉽사리 믿기 어려운 일이었다.

자신들이 누구인가.

자하도에서 알아주던 이들이다. 그랬기에 신도율에게 선택받았고, 함께 나올 수 있었다. 그런 자신들 두 명이 한 사람에게 협공을 가했다.

그런데도 불구하고 이기기는커녕 오히려 쩔쩔매고 있는 지금 이 상황을 믿을 수가 없었다.

소일홍이 차마 말을 잇지 못하고 있을 때 결국 우치가 마음을 정했는지 전음을 날렸다.

『……도망치자.』

『그게 말이나 되는 소리야? 둘이서 대공자 하나 어찌 못했다는 걸 다른 녀석들이 알기라도 하면 우리를 어떻게 보겠어!』

『젠장! 나라고 좋아서 이러는 줄 알아?』

우치가 확 짜증을 터트렸다.

신도율에게 당했던 패배, 그 날 이후 우치는 다시는 자신이 패하지 않을 거라 생각했고 실제로도 그랬다. 그렇지만 지금 이 싸움은 우치에게 너무나 뼈아픈 기억이 되고야 말았다.

혼자서는 물론이거니와 둘인데도 불구하고 밀리고 있다.

지우고 싶을 과거가 될 거라는 걸 잘 알지만……

지금은 현명하게 대처해야 했다.

살아야 한다.

그래서 이 수모를 갚아 주는 것만이 지금 할 수 있는 최선이다.

소일홍은 결국 우치의 말을 따르기로 마음먹었는지 그를
향해 고개를 끄덕였다.

　그리고 몸을 펴더니 뽑았던 검을 갑자기 도로 검집에 밀
어 넣었다.

　소일홍은 짧은 시간 안에 엉망이 되어 버린 자신의 머리
카락을 수습하며 입을 열었다.

　"아무래도 우리 싸움은 여기까지 해야겠네."

　"너희가 정할 문제는 아닌 것 같은데. 난 이 싸움의 끝을
볼 생각이거든."

　혁련휘가 아랑곳하지 않고 다가오려 할 때였다.

　소일홍이 갑자기 앞으로 손을 내뻗으며 휘파람을 불었
다.

　삐이이익!

　휘파람 소리가 들려오자 갑자기 멀리에서부터 무엇인가
가 날아오기 시작했다. 그것은 다름 아닌 화살이었다.

　그렇지만 이 정도의 거리에서 날아드는 화살을 혁련휘가
피하지 못할 리가 없었다. 수십 개에 달하긴 하지만 피하는
건 어렵지 않았다.

　그런데…….

　팍팍팍!

　땅에 화살이 틀어박히는 그 순간이었다.

화살의 촉이 갑자기 터져 나가기 시작하며 새하얀 연기가 주변을 뒤덮었다.

갑작스러운 상황에 혁련휘는 황급히 소매로 코와 입가를 가렸다.

독일 거라는 판단에서였다.

허나 새하얗게 피어오르는 것은 혁련휘가 생각하는 그런 독이 아니었다.

연막탄의 일종으로 연기를 피어 올려 시야를 가리는 용도로 사용되는 물건이다. 그리고 피어오르는 연기를 사이에 두고 우치와 소일홍의 모습이 점점 흐릿하게 변하기 시작했다.

혁련휘가 도망치려는 그들의 속셈을 파악하고는 다급히 그 연기 사이로 뛰어들었다.

허나 진하게 피어오른 연기는 주변을 더욱 보이지 않게 만들었다.

주변을 뒤덮었던 연기는 이내 천천히 주변으로 퍼져 나갔다.

사라져 버린 연기, 그리고 그곳엔…… 그 두 사람이 아닌 복면을 쓴 다른 이들이 자리하고 있었다. 그들은 검을 든 채로 혁련휘를 노려봤다.

소일홍이 데리고 왔던 수하들로, 먼 곳에서 연막탄이 달린 화살을 쏘아 댔던 자들이다.

그녀는 연막탄만으로는 불안하다 여겼는지, 수하들까지 이곳으로 불러 모아 시간 끌기용으로 내몬 것이다.

어차피 잡혀서 심문을 당한다 해도 자신들에 대해 아무런 것도 말할 것이 없는 자들. 그런 그들이었기에 자신과 우치를 위해 아무런 망설임도 없이 희생시키기로 마음먹은 것이다.

가뜩이나 둘 모두 세상을 뒤흔들 정도의 엄청난 고수들.

잠시나마 혁련휘의 시야에서 사라질 수만 있다면 도망치는 것 정도는 가능한 이들이다.

거기다가 잠시지만 시간을 끌 수하들까지…….

사라진 그 둘이 있던 장소를 바라보던 혁련휘의 표정은 사납게 변해 있었다.

분명 독의를 이용한 계획을 망친 것은 큰 성과다.

그렇지만 혁련휘는 거기서 만족할 수가 없었다.

혁련휘는 눈앞에 있는 복면인들을 응시하다 버럭 소리쳤다.

"흑풍!"

자신을 부르는 소리에 하늘 위에 있던 흑풍이 쏜살같이 어깨에 내려와 앉았다. 그리고 혁련휘는 흑풍에게 재빨리 명령을 내렸다.

"나와 방금 싸웠던 그 둘 중 누군가 보이는 자가 있는지 확인해 줘."

"꾸르르."

흑풍은 짧은 소리와 함께 곧바로 하늘을 향해 자신의 커다란 날개를 펴고 솟구쳐 올랐다.

찾을 확률이 거의 없다는 사실은 안다.

아무리 흑풍이라 해도 지금 도망친 둘을 쫓는 건 불가능에 가까울 테니까.

그런 사실을 너무도 잘 알지만…….

혁련휘는 앞에 서 있는 복면인들을 향해 다가갔다. 그자들을 향해 살기를 쏟아 내며 혁련휘가 짧게 말을 시작했다.

"한 번만 말하지."

파멸혼을 치켜든 혁련휘가 차갑게 말을 이었다.

"비켜."

챙챙!

경고에도 불구하고 그들은 검을 앞으로 치켜세운 채로 혁련휘의 앞을 막아섰다.

그런 그들의 모습을 보는 순간 더는 대화가 필요치 않았다.

파멸혼에 섬뜩한 뇌기가 빨려 들어왔다.

거칠 것 없이 나아가는 혁련휘의 입에서 섬뜩한 목소리

가 흘러나왔다.

"그리도 죽고 싶다면."

*   *   *

싸움이 벌어졌던 곳에서 한참이나 떨어진 곳에 도착한 우치는 입 안에 손을 넣어 흔들거리던 이빨을 어루만지다 이내 표정을 구겼다.

심하게 흔들거린다 싶더니 이빨이 아예 빠져 버린 것이다.

빠져 버린 이빨을 바닥에 내팽개친 우치가 짜증스러운 소리로 중얼거렸다.

"젠장, 이빨이 완전히 나갔잖아."

혁련휘에게 몇 방 얻어맞는 탓에 적잖은 타격을 입은 것이다.

입 안은 이미 피투성이였다. 아픈 건 비단 입뿐만이 아니었다.

팔부터 해서 큰 부상을 입은 어깨, 부서진 섭선이 틀어박혔던 명치까지.

입 안에 고인 피를 뱉어 낸 우치는 자신의 몸 상태를 살펴봤다.

엉망이 되어 버린 자신의 몸을 보고 있자니 화가 치밀어 올랐다.

그가 분에 찬 목소리로 말을 이었다.

"하여튼 그 새끼들 하나같이 맘에 안 든다니까?"

"그만 좀 떠들고 좀 가지? 네 맨몸뚱이 보는 것도 고문이거든?"

윗옷을 홀딱 벗고 있는 우치를 보며 표정을 찡그린 소일홍이 불만스레 말했다.

그런 그녀의 말투에 우치가 불만스레 말을 받았다.

"알았다고!"

오늘만큼은 신세를 졌다 생각해서인지 우치는 최대한 참아 넘겼다.

그런 우치와 함께 자신들의 거처로 돌아가는 소일홍의 표정은 심각했다.

자신들의 계획이 어그러질 거라고는 여태까지 단 한 번도 생각지 않았다.

한 번의 실패를 경험 삼아 오랜 시간 차근차근 준비해 온 계획들이다.

이제 다시는 실패하지 않을 거라 생각했는데…….

'불안해.'

대공자 혁련휘를 만나자 이상하게 불안해지기 시작했다.

그리고 그 이유를 소일홍은 잘 알고 있었다.

느껴졌으니까.

대수롭지 않게 여겼던 대공자라는 존재가 어느덧 자신들의 턱밑에까지 다가와 있다는 사실을.

또한 그의 능력이 자신들이 파악했던 수치를 훨씬 웃돌 정도로 뛰어나다는 것도.

걸음을 옮기는 소일홍은 불안한 마음을 애써 지우며 속으로 중얼거렸다.

'……거사를 서둘러야겠어.'

대공자가 더욱 자신들에게 다가오기 전에, 그가 더 큰 힘을 가지기 전에…… 그를 죽여야 한다.

10장. 각자의 길
— 나만의 싸움을 시작해야지

　남겨져 있던 소일홍의 수하들과 혁련휘의 대결.

　그 대결은 너무도 쉽게 끝이 났다. 십여 명이 넘는 숫자
이긴 했지만 혁련휘는 그 정도로 메울 수 있는 수준의 사내
가 아니었다.

　숨 몇 번 들이킬 정도의 짧은 시간, 그 시간이 흐른 후 그
곳에 서 있는 건 혁련휘 하나뿐이었다.

　순식간에 소일홍의 수하들을 정리한 혁련휘의 시선이 곧
바로 하늘로 향했다.

　하늘 높은 곳, 그곳에는 빙글빙글 원을 그리며 도는 흑풍
만이 자리하고 있었다.

그 모습을 보자 혁련휘는 굳이 보고를 받지 않아도 상황을 알았다.

흑풍이 도망친 우치나 소일홍을 발견했다면 그쪽으로 움직였을 터.

그 말은 곧 이미 흑풍조차도 찾을 수 없는 상황이라는 것이었다.

혁련휘는 쓰러져 있는 소일홍의 수하들을 바라보며 씁쓸한 표정을 지어 보였다.

'놓친 건가?'

예상했던 일이지만 마지막 희망이었던 흑풍조차 그들을 감지해 내지 못한 걸 확인하니 아쉬움을 감추기 어려웠다.

우치와 소일홍을 놓친 건 사실이지만 그렇다고 해서 두 손 놓고 있을 상황이 아니다.

아직까지 그들과 관련된 것들이 남아 있었으니까.

혁련휘가 생각을 정리하고 있는 사이, 무너진 가게의 주인을 뒤쫓아 갔던 환야가 때마침 모습을 드러냈다.

그는 서둘러 혁련휘가 있는 쪽으로 다가오다가 이내 싸움의 현장을 목격했는지 보다 속력을 높였다.

혁련휘의 지척에 다가온 환야가 다급히 물었다.

"대장, 이게 무슨 일입니까?"

환야는 놀란 얼굴로 주변을 둘러봤다.

쓰러져 있는 이들도 그렇지만 아예 지반이 무너져 내린 인근의 모습이 더 놀라웠다. 흡사 이쪽 지역에만 커다란 폭탄이라도 떨어진 것처럼 땅 자체가 내려앉아 있다.

지하가 무너지며 생긴 커다란 구덩이를 놀란 눈으로 바라보는 환야를 향해 혁련휘가 말했다.

"우치를 만났어."

"네? 그놈을요?"

"그래, 그리고 여자도 한 명 있더군. 말하는 거나 우치의 태도를 보아하니 비슷한 위치에 있는 자 같았고."

"설마 그 여자……."

조심스레 물어 오는 환야를 향해 혁련휘가 고개를 저었다.

그가 무슨 말을 하려고 하는지 너무나 잘 알았기 때문이다.

혁련휘가 짧게 말했다.

"네 누이는 아냐. 소일홍이라는 이름을 가졌더군."

"……그렇군요."

다행이라는 듯 짧은 한숨과 함께 대답하는 환야를 향해 혁련휘가 명령을 내렸다.

"지금 빠르게 움직여야겠어. 그놈들은 놓쳤지만 그렇다고 모든 증거가 사라진 건 아니니까. 방금 전에 쫓았던 자가 어디에 있는지 확인했지?"

"그럼요. 어떻게 할까요?"

"우리 거처로 끌고 와."

"알겠습니다. 그럼 대장은 따로 움직이실 생각이십니까?"

"난 우선 돌아가서 사람들을 모으려고. 쉽진 않겠지만 도망친 두 녀석의 흔적도 캐고, 이 무너진 땅 안쪽에 있는 것들을 모두 끄집어내야지. 운이 좋다면 뭔가 단서가 있을지도 모르니까."

지하 내부에 무엇이 있었는지 환야는 알지 못했다. 그저 막연하게 혁련휘가 건물 안에서 뭔가를 보았다는 사실만 어렴풋이 짐작할 뿐이다.

명령을 마쳤던 혁련휘가 곧바로 뭔가가 생각났는지 말을 이었다.

"아 참, 그리고 급히 비파월에 연락해서 지금 쫓고 있는 강문 그놈도 잡아 오라고 해. 이 지하 공간이 들통난 걸 안다면 도망칠 게 분명하니까."

"네, 대장."

말을 전부 전해 들은 환야는 곧바로 왔던 길을 거슬러 올라갔다.

혁련휘의 말대로 무너진 가게의 주인을 잡으러 가려고

하는 것이다. 그리고 그 김에 빠르게 비파월과 접선하여 강문 또한 포박하라는 혁련휘의 명을 전할 생각이었다.

그렇게 환야가 사라지는 사이 혁련휘 또한 몸을 돌렸다.

지금이라도 서둘러 돌아가 사람들을 모아 이곳과 인근을 샅샅이 조사할 생각이다. 더불어 환야와 비파월을 통해 잡혀 올 두 명을 심문하여 그들이 아는 것들을 캐내야 했다.

혁련휘는 곧바로 인원을 동원하기 위해 이곳에서 가까운 위치에 있는 마혈적가를 향해 움직였다.

다급히 그곳으로 걸어가는 혁련휘는 이번 기회를 놓친 것이 못내 아쉬웠다.

자신의 옆에 단 한 명만 더 있었더라면…….

그 생각이 떠오르는 것과 동시에 머리에 가득 차는 한 사람.

비설이었다.

그녀만 있었다면 방금 전의 그 싸움에서 결코 그 둘을 그리 보내지 않았으리라 자신했다. 아마도 도망치려는 생각조차 들지 못할 정도로 몰아칠 수 있었으리라 자신했으니까.

허나 그건 결과론적인 이야기일 뿐이다.

비설은 이곳 마교에 없고, 그녀가 떠난 지금 자신이 모두 감당해야 할 일들인 셈이다.

머릿속을 가득 채우는 비설의 존재, 그렇지만 그 이유가 비단 이번 일 때문만은 아니었다.

그녀가 떠나고 얼마의 시간이 흘렀지만 그리움은 옅어지지 않았다.

오히려 오래될수록 더욱 깊어만 가는 이 그리움을 혁련휘는 드러내지 않고 묵묵히 속으로만 삭이고 있을 뿐이었다.

'네가…… 많이 보고 싶구나.'

반드시 돌아오겠다고 말했던 반년이라는 시간의 절반조차 아직 가지 않았거늘 이리도 매일 생각나서야 어찌 남은 시간을 버텨 낼지 걱정이 태산이었다.

그렇게 비설의 빈자리를 떠올리던 혁련휘는 이내 고개를 저었다.

그녀가 본인의 일을 위해 잠시나마 옆을 떠난 지금, 자신 또한 돌아올 그녀를 위해 정리할 것은 최대한 끝내 놓고 싶었다.

'뭐라도 찾아야 해. 다시금 처음부터 시작할 순 없으니까.'

그들의 뒤를 캘 수 있는 강문이라는 존재가 수면 위로 드러났다는 사실이 들통난 지금 또 다른 무엇인가를 반드시 찾아야만 했다.

마혈적가로 향하는 혁련휘의 발걸음이 더욱 급해졌다.

*   *   *

마혈적가에 도착한 혁련휘는 자신이 불러 모을 수 있는
병력들을 모두 소집하여 일사불란하게 움직였다.

그들은 무너진 지하 내부의 공간에 있던 물건들을 회수
하기 시작했고, 그사이에 강문과 무너진 가게의 주인을 잡
아 오기로 했던 환야가 거처로 돌아왔다.

허나…….

"강문을 놓쳤다고?"

물어 오는 혁련휘의 표정은 그리 좋지 못했다.

가게의 주인을 잡아 오는 건 성공했지만 비파월이 뒤쫓
던 강문을 놓쳤다는 사실에 환야 또한 무척이나 난감한 상
황이었다.

혁련휘의 질문에 환야가 고개를 끄덕였다.

"네, 대장."

"어째서?"

"강문을 뒤쫓던 비파월 무인과의 연락이 갑자기 끊겼다
고 해서 근방을 뒤져 봤는데…… 강문이 머무는 장원의 뒤
뜰에서 비파월 쪽 무인이 시신으로 발견됐습니다."

"……먼저 손을 썼군."

"아무래도 그런 것 같습니다. 죄송합니다. 좀 더 빨리 가 봤어야 했는데……."

"아니, 네가 아무리 빨리 갔어도 그들보다 빠를 순 없었 겠지."

강문이 어디 있는지는 비파월의 무인만이 알고 있었기에 곧바로 환야를 보내지 못했다. 그사이에 그들이 먼저 발 빠르게 움직여 비파월의 무인을 죽이고 강문을 빼돌린 것이 다.

강문을 놓쳤다는 사실이 못내 마음에 걸렸지만 이미 엎 질러진 물이다.

상황이 이리됐으니 그보다 다른 쪽에 더 신경을 써야만 했다.

"그럼 네가 데리고 온 그 가게 주인은?"

"끌고 오면서 조금 캐 보긴 했는데 지금 제 예상으론 잔 챙이 같습니다."

"골치 아프게 됐군."

"그래도 혹시 모르니 더 심문해서 뭔가 알아낼 게 없는 지 확인해 보도록 하겠습니다."

"그렇게 해. 그리고 지금 즉시 강문 얼굴을 그려서 인근 에 수배령을 내리고."

"빠르게 조치하죠."

우치와 소일홍에 이어 강문조차 놓쳤다.

자신들이 강문을 잡으러 가기도 전에 그를 도망치게 만들 정도의 빠른 움직임, 역시 생각처럼 쉬운 상대들이 아니다.

결국 중요한 자들은 모두 손아귀에서 빠져나간 지금, 혁련휘의 교주 취임식을 장례식장으로 만들려 했던 그 독의들을 제거한 것에 의의를 둘 수밖에 없었다.

물론 그것만 해도 마교 내부를 뒤흔들 만한 큰 사건을 막은 것이긴 했지만, 원래 놓친 물고기가 더욱 크게 느껴지는 법이다.

그렇게 이번 일에 대한 추후의 처리에 대해 논의를 이어가던 중 혁련휘의 집무실로 누군가가 다가오고 있었다.

인기척을 느낀 혁련휘와 환야 모두가 말을 멈춘 채 입구쪽으로 시선을 두고 있는 상황, 이내 입구까지 다가온 자의 목소리가 들려왔다.

"대공자님, 원진입니다."

목소리의 주인공은 다름 아닌 얼마 전 부의민에게 꺾이며 그의 아래로 들어가기로 마음을 정했던 군룡회의 세력 중 하나인 월영전대의 대주 원진이었다.

상대의 정체를 확인한 혁련휘가 짧게 말했다.

"들어와."

혁련휘의 대답이 떨어지자 그제야 문을 열고 원진이 걸어 들어왔다. 각진 얼굴에 사내다운 떡 벌어진 어깨를 가진 그가 혁련휘의 앞으로 다가와 무릎을 꿇으며 예를 갖췄다.

"대공자님을 뵙습니다."

"이 시간에 무슨 일이지?"

창밖에는 아직 채 해조차 뜨지 않은 상황.

아직 새벽이 오기에도 다소 이른 이런 시간에 원진이 급히 찾아올 만한 일이 무엇일까.

그런 혁련휘의 질문에 원진이 곧바로 답했다.

"방금 전 변방의 진영에서 연락이 왔습니다. 최근 들어 새외 세력들의 움직임이 뭔가 심상치 않다고 합니다."

"무슨 일이라도 있는 건가?"

"남만야수궁이 오랜 시간 끌어 왔던 내전을 끝마쳤고, 병력들을 움직이는 등 수상한 모습을 보이고 있답니다. 아무래도 지금 마교에 들어와 있는 군룡회의 일원인 저희 월영전대와 척살염왕대가 복귀해야 할 것 같습니다."

새외를 견제하는 변방에는 이미 수만에 달하는 마교의 무인들이 자리하고 있다. 그렇지만 그런 그들 중에서도 손꼽히는 세력인 네 개 중 두 개가 현재 마교에 돌아와 있는 상황이다.

당장에야 별 문제가 없지만 혹여라도 새외 세력들이 전면전이라도 시작하려 든다면 그때 가서 움직일 수도 없는 노릇.

피해를 최소화하기 위해서라도 지금 먼저 그곳으로 출발해야 한다 판단한 것이다.

원래는 이 모든 걸 결정하는 건 교주인 혁무조가 할 일.

그렇지만 그는 최근 들어 다시금 모든 이들의 방문을 사절한 채 은거하고 있다.

그리고 모든 판단은 혁련휘에게 넘긴 상황이다.

아직 교주의 자리에 오르지만 않았을 뿐이지 마교의 모든 실질적인 대소사를 결정하는 건 혁련휘의 역할이 된 지 오래였다.

이야기를 전해 들은 혁련휘는 잠시 곰곰이 뭔가를 생각하는 듯하다가 이내 옆에 있는 환야에게 명령을 내렸다.

"환야, 부의민 데리고 와."

"알겠습니다."

명령을 전해 들은 환야는 곧바로 방을 나가 부의민의 거처로 움직였다.

그리고 사라진 지 그리 오래되지 않아 환야는 부의민과 함께 혁련휘의 거처로 들어섰다.

이미 이 자리에 원진이 와 있다는 말을 들어서인지 부의민은 곧바로 혁련휘에게 예의를 갖추며 말을 꺼냈다.

"부르셨습니까?"

들어선 부의민을 향해 힐끔 시선을 던졌던 혁련휘의 눈이 그의 위아래를 가볍게 살폈다.

한눈에 봐도 땀범벅인 모습을 보니, 이토록 늦은 시간에도 홀로 연무장에서 무공 훈련에 열중했던 모양이다.

다른 이들에 비해 모자란 실력을 어떻게든 채우고, 도움이 되고 싶다는 마음에 하루하루를 훈련만으로 살아가는 부의민의 마음을 혁련휘 또한 잘 알고 있다.

들어선 부의민을 향해 원진이 포권을 취하며 예를 갖췄다.

그는 군룡회의 회주인 부의민의 직속 수하가 되어 있었으니까.

됐다는 듯 손사래를 치는 부의민을 향해 혁련휘가 말했다.

"방금 원진에게서 새외의 움직임에 대해 전해 들었다. 그들이 뭔가 미심쩍은 행동들을 하고 있다더군. 그리고 만약의 일을 대비하기 위해 현재 마교에서 대기 중이었던 월영전대와 척살염왕대가 복귀 의사를 표명해 왔다."

복귀 의사를 표명했다는 말에 부의민은 움찔했다.

예전이라면 모를까 군룡회의 회주가 된 지금 그 말의 의미는 결코 가볍지 않았으니까. 부의민은 그들을 이끌어야 하는 입장이 되었으니 말이다.

그런 상황에 군룡회 소속의 세력들이 움직일 뜻을 밝혀 왔다는 건⋯⋯ 자신 또한 마교를 떠나야 한다는 걸 의미했다.

혁련휘도 그러한 사실을 잘 알기에 원진의 방문 이유를 듣기 무섭게 부의민에게 이곳으로 오라 한 것이다.

그에게 이 같은 사실을 알리기 위해서 말이다.

혁련휘가 말을 이었다.

"결정은 네가 해. 정리할 게 있다면 저들 먼저 보내고 나중에 뒤따라도 좋고, 아니면 동행해도 돼. 시간 줄 테니까 생각해서 정리하고 보고하도록 해."

혁련휘가 그렇게 자신이 내뱉은 말을 마무리 지으려 할 때였다.

가만히 서 있던 부의민이 곧바로 입을 열었다.

"아뇨, 가겠습니다."

망설임 없이 대답하는 부의민을 향해 옆에 서 있던 환야가 걱정스레 말을 걸었다.

"괜찮겠냐? 회주로 임명된 지 얼마 되지도 않았잖아. 조금 더 차근차근 준비하고 가도 아무도 뭐라고 안 해."

"뭐, 나도 거기 가면 고생만 작살나게 할 건 알겠는

데…… 그래도 이왕 해야 하는 거면 피하지 않으려고. 그래야 아직까지도 날 맘에 안 들어 하는 녀석들이 날 좀 달리 보지 않겠어?"

군룡회의 회주가 되었고, 이 자리에 있는 월영전대 대주 원진에게도 이제는 인정을 받은 상황이다. 그렇지만 그가 인정했다 하여 다른 이들까지 모두 그러지는 않을 게 분명하다.

자존심이 강한 마교의 무인들이 갑자기 뚝 떨어진 자신을 하루아침에 인정해 줄 리는 없을 테니까.

그들 모두를 설득하는 것, 그것은 그 누구도 아닌 오롯이 스스로가 감당해야 할 몫이다.

힘들 거라는 건 안다.

익숙하지도 않은 변방으로 가게 되는 건 물론이거니와 자신의 옆에는 혁련휘도, 비설이나 환야, 달치도 없을 테니까. 모든 걸 혼자서 해 나가는 게 쉽진 않겠지만…… 그래도 해내야 한다.

그것만이 별것도 없는 자신을 믿어 준 혁련휘와 그들을 위한 자신의 소임이었으니까.

자신을 향한 저 두 사람의 눈빛.

그 눈빛 속에 자리하고 있는 믿음에 대해 자신의 능력으로 보답하고 싶었다.

부의민이 씩 웃었다.

"걱정하지 말라고."

신명 나는 목소리로 소리친 부의민이 자신을 바라보는 환야의 어깨를 툭툭 두드리며 입을 열었다.

"이제부터 나도…… 나만의 싸움을 시작해야지."

비설에 이어 부의민 또한 떠나야 할 순간이 다가온 모양이다.

*　　　*　　　*

부의민이 떠날 날짜가 잡혔다.

원진이 찾아온 날로부터 삼 일 후, 그리고 혁련휘의 교주 취임식이 있기 열흘 전이 바로 그 날이었다.

사안이 워낙 급박한 일인지라 서둘러 일정이 잡혔고 그 탓에 부의민은 혁련휘의 교주 취임식에도 함께 자리하지 못하게 되어 버렸다.

금방 시간은 흘렀고 어느덧 떠나기 바로 전날이 되자 부의민은 자신의 짐을 챙겼다.

짐이라고 말해 봤자 옷 몇 벌이 거의 전부인 그는 순식간에 떠날 채비를 마치고는 자신의 침상에 걸터앉았다.

"하아."

별거 한 것도 없음에도 불구하고 뭐가 그리도 지치는지 부의민은 짧은 한숨을 내쉬었다. 그러고는 이내 온 지 얼마 되지도 않은 자신의 커다란 거처 내부를 슬쩍 둘러보았다.

방 내부를 둘러보던 부의민이 우습다는 듯 혼자 웃음을 흘렸다.

"그 좁은 방에서 세 명이 부대끼며 지내다가 개인 공간이 생겼다고 그리 좋아했는데…… 그새 떠나게 되네."

아직 이 혼자만의 방이 채 익숙해지기도 전이거늘 이곳 마교를 떠나게 된 부의민이다.

부의민은 그대로 침상에 드러누우며 중얼거렸다.

"아무래도 난 편하게 살 팔자는 아닌가 보네."

변방의 넓은 지역을 순찰하고 그곳에 익숙해지려면 한동안 편하게 지내기는 글렀을 게다.

더군다나 그곳의 숙소가 이곳 마교만큼 편할 리가 없다.

어느 지역은 무척이나 더울 것이고, 또 반대로 어느 곳은 손발이 꽁꽁 얼어붙을 정도로 추울 거다.

그런 곳들의 경계를 더욱 삼엄하게 하고 확실한 체계를 잡아 두는 것, 그것이 바로 부의민이 그곳으로 가서 할 일이었다.

그렇게 드러누워 있던 부의민의 방문 쪽에서 누군가의 목소리가 들려왔다.

"사내새끼가 청승은."

"뭐야? 왔냐?"

목소리를 듣기 무섭게 부의민은 벌떡 몸을 일으켜 세웠다.

그리고 그곳엔 문가에 기대어 서 있는 환야가 자리하고 있었다.

그가 문틀을 똑똑 치고는 물었다.

"들어가도 되냐?"

"언제부터 그런 걸 물어보고 들어왔다 그래. 빨리 들어와 인마. 올려다보느라 목 아프니까."

부의민의 투덜거림에 환야가 픽 웃으며 안으로 걸어 들어왔다. 그리고 그 뒤를 달치가 쫄래쫄래 따라오고 있었다.

"뭐야? 달치 너도 왔냐?"

반갑게 맞이하는 부의민을 본 달치가 갑자기 인상을 팍 구기며 울상을 지어 보였다.

"부의민 간다. 달치 이제 부의민 못 본다."

"짜식. 매일 나만 보면 구박하더니 이제 좀 알겠냐? 나의 소중함을?"

괜스레 더 장난스럽게 말하던 부의민은 갑자기 자신에게 다가오는 달치의 모습을 보고 움찔했다. 그리고 무슨 반응을 하기도 전에 달치가 부의민을 덥석 끌어안았다.

"뭐, 뭐하는 거야."

당황한 듯 더듬거리긴 했지만 부의민 또한 자신을 끌어안은 달치의 마음을 알아서인지 본인도 모르는 사이에 슬며시 입가에 미소를 머금었다.

덩치와 다르게 순수하기 그지없는 달치였기에 이런 상황에 가장 솔직하게 자신의 마음을 표현할 수 있는 것이었다.

그만큼 자신과의 이별에 대해 아쉬워하는 달치의 마음이 절절히 느껴졌다.

부의민은 순간 코끝이 찡해졌는지 나지막이 중얼거렸다.

"아니, 이 자식 왜 이래 갑자기. 사람 마음 아프게."

덩치가 큰 달치가 자신을 와락 안은 탓에 자세는 다소 어정쩡했지만 그 와중에도 부의민은 괜찮다는 듯 그의 등을 두드려 줬다.

"덩치는 산만 한 녀석이 이렇게 안으면 당하는 입장에선 숨을 어떻게 쉬라고. 그 좋아하는 밥 잘 챙겨 먹고 있어."

다독여 주는 부의민을 향해 달치가 울적한 목소리로 말을 받았다.

"달치 부의민 걱정된다."

"뭘 그리 걱정해. 어디 죽으러 가는 것도 아니고. 별일 없으니까……."

"아니다. 부의민 약하다. 그래서 혼자 보내면 위험하다.

어디 가서 맞아 죽을 거다."

"……하아. 이 걱정을 고마워해야 하나 말아야 하나. 비켜, 인마."

약하다는 말에 발끈한 부의민은 곧바로 약하게 등을 두드리던 손에 힘을 주고는 달치를 팍팍 때렸다.

그런 부의민의 손길에 달치는 손을 풀고 뒤로 물러났고 그는 아직도 분이 안 풀렸는지 이를 부득부득 갈았다.

'어휴, 안 울었으니 망정이지.'

눈물이 막 맺히려는 순간 저 말을 들어서 망정이지 만약 조금이라도 빨랐다면 생각만 해도 끔찍했다. 팔짱을 낀 채로 히죽거리고 서 있는 저 환야에게 아마 수십 년은 놀림거리가 될 만한 일을 저지를 뻔했던 것이다.

두고두고 후회할 일을 운 좋게 넘긴 부의민이 환야를 향해 물었다.

"그런데 갑자기 여긴 왜 온 거야? 무슨 일 있어?"

"대장이 찾으신다."

"대공자가?"

"응, 저녁 식사나 같이 하자시네. 준비해 놨으니까 가자고."

저녁 식사라는 말에 부의민이 술잔을 쥐고 마시는 흉내를 내며 되물었다.

"이건? 술 좀 좋은 걸로 준비해 뒀냐?"

"새벽녘에 떠날 놈이 술은 무슨 술이야."

"안 어울리게 무슨 고리타분한 소리야. 그래서 준비했다고 안 했다고?"

"그야 당연히…… 준비했지. 아주 죽어주는 놈으로다가."

"흐흐흐."

환야와 부의민은 서로 눈을 맞춘 채로 좋다는 듯 음흉한 미소를 흘렸다.

그렇게 한껏 들뜬 둘은 달치를 데리고 곧바로 혁련휘가 있는 장소로 움직였다.

혁련휘가 머무는 새로운 교주전이 될 이곳, 그중에는 당연히 식사를 할 수 있는 식당 또한 있었다. 이곳에 머무르는 이들만의 식당임에도 불구하고 수백 명이 자리해도 될 정도로 내부는 큼직했다.

그리고 그 큼직한 식당 중앙에 위치한 식탁 위에는 이미 시녀들이 준비해 둔 음식들이 가득했다.

환야가 혁련휘를 향해 먼저 입을 열었다.

"대장, 데리고 왔습니다."

"늦어."

"저 녀석이 달치랑 얼싸안고 난리를 치는 통에 좀 늦었습니다."

환야의 말에 부의민이 얼굴을 붉히며 옆에서 그를 다그쳤다.

"그런 말을 왜 해."

"왜? 스스로도 웃겼던 건 아는 모양이지."

환야의 놀림이 이어지려는 찰나 뒤편에 있던 달치가 식탁 가득 있는 음식들을 보고 눈을 동그랗게 뜨고는 득달같이 달려가 앉았다.

그러고는 식탁 위에 있는 음식들을 보며 말을 이었다.

"우와, 음식 엄청나다. 달치 맛있는 거 좋아한다. 오늘 먹을 거 많다."

신나 하는 달치를 보며 터벅터벅 다가왔던 부의민이 자리에 앉으며 뽐내듯 말했다.

"다 내가 떠나서 주는 거야. 알겠냐?"

부의민의 말에 달치가 앞에 있는 음식을 쥔 채로 말을 받았다.

"부의민 자주 가라. 그럼 달치 맛있는 거 많이 먹는다."

"이 자식이…… 먹는 거 때문에 나보고 또 가라는 거야? 하아, 방금 전까지만 해도 그렇게 아쉬워하더니만."

어처구니없다는 듯 말하는 부의민을 향해 혁련휘가 먼저 젓가락을 들며 입을 열었다.

"식사해. 한동안 고생 좀 할 텐데."

혁련휘의 말에 부의민과 환야도 젓가락을 든 채로 준비되어진 음식들에 조금씩 손을 대기 시작했다. 종류도 많고 양도 많았지만 워낙 솜씨 좋은 숙수들이 만든 음식이라 맛 또한 기가 막혔다.

한껏 시끄럽게 수다를 떨면서 식사에 열중하던 부의민이 슬쩍 혁련휘를 바라보고는 슬그머니 입을 열었다.

"사실 좀 놀랐어."

조용히 식사를 하던 혁련휘는 부의민의 말이 자신을 향한 말이라는 걸 알기에 그를 바라보며 되물었다.

"뭐가?"

"……가기 전에 이렇게 따로 식사 자리까지 마련해 줄 줄은 몰랐거든. 고맙다."

말을 하고도 쑥스러웠는지 부의민은 괜스레 콧잔등을 손가락으로 긁적였다.

그런 부의민의 모습을 바라보던 혁련휘가 이내 다시금 식사를 하려는 듯이 고개를 숙이며 짧게 대꾸했다.

"동료니까."

그 짧은 한마디에 부의민은 울컥 목이 막혔다.

이곳을 떠나기로 마음먹었고, 이제 나이도 먹을 대로 먹어 이별에도 익숙해졌다고 생각했다.

그런데 왜일까?

영원한 이별도 아닌데도 불구하고 이토록 마음이 아픈 이유는.

이들과 함께했던 일 년이라는 그리 길지 않은 시간이 너무나 소중했던 탓이다. 그동안 부의민은 많이 변했다.

모든 걸 포기했던 자신이 다시금 꿈을 갖게 되었고, 그걸 이루기 위해 나아가고 있다. 그리고 환야의 혹독한 훈련 덕분에 무공 실력 또한 예전과는 비교도 되지 않을 정도로 일취월장했다.

아주 어릴 적 꿈꾸었던 진정한 무인.

그때 자신이 꿈꾸던 무인의 모습에 조금씩 다가갈 수 있었던 이유는 바로 이들 덕분이리라.

예전부터 말하고 싶었다.

고맙다고.

다시…… 꿈꿀 수 있게 해 주어서.

갑자기 말문이 막힌 듯 아무런 말도 못 하고 있는 부의민을 보던 환야가 지금이 적기라 생각했는지 슬그머니 허리를 굽혀 탁자 아래에 숨겨 두었던 커다란 항아리를 들어 올렸다.

탁자 가운데 항아리를 탁 내려놓은 환야가 최대한 밝은 목소리로 말했다.

"자, 오늘의 주인공인 매화석주 대령이오."

말과 함께 환야는 항아리를 막고 있던 뚜껑을 확 열어젖혔다.

동시에 진한 매화 향이 확 하고 주변으로 퍼져 나갔다.

항아리 뚜껑을 연 채로 자신을 향해 실실 웃어 보이는 환야를 향해 부의민이 퉁명스레 말했다.

"오늘의 주인공은 나지 뭔 소리야."

툴툴거리면서도 부의민은 곧바로 자리에서 일어나 항아리로 다가갔다.

항아리 안에는 술을 잔으로 옮겨 담을 수 있도록 퍼 담는 조롱박이 둥둥 떠 있었다. 조롱박을 쥔 부의민이 그 안에 술을 가득 채우고는 혁련휘에게 다가갔다.

그러고는 혁련휘의 잔에다 막 술을 따르려다가 갑자기 멈칫했다.

부의민이 입을 열었다.

"그래도 딱 하나 아쉽네."

"……."

말없이 자신을 올려다보는 혁련휘를 향해 부의민이 웃는 얼굴로 말했다.

"네 교주 취임식 날 그 옆자리에 함께 있고 싶었거든. 내가 선택한 사람이 최고의 자리에 오르는 모습을 이 두 눈에 담아 두고 싶어서."

이건 진심이었다.

혁련휘의 교주 취임식을 얼마나 오랫동안 기다렸던가.

그때 옆자리에서 혁련휘가 교주에 오르는 모습을 그토록 보고 싶었는데…… 상황이 그리되게 놔두지 않았다.

못내 그게 아쉬웠지만 부의민은 자신의 선택을 후회하진 않았다.

떠나야 할 때고, 그렇게 해서 확실하게 군룡회라는 집단의 수장으로 인정받아야 더욱더 혁련휘의 힘이 되어 줄 수 있다는 걸 잘 알기 때문이다.

부의민이 말을 이었다.

"아, 그리고 말이 나와서 하는 말인데 이 말버릇도 이제 고치려고. 아무리 우리의 처음이 이랬다고 해도 이제는 교주님이 되실 분인데 앞으로도 이래선 안 되지."

부의민은 일행 중 유일하게 혁련휘에게 반말을 하는 사내였다.

물론 다른 이들이 있을 때는 깍듯이 예를 갖추긴 했지만 말이다.

여태까지야 부의민이 한때 스승이기도 했고, 말을 놓고 지냈던 사이였기에 어색하기도 하여 이 같은 상황을 유지했지만 이제부터는 아니다.

이제 혁련휘는 마교의 가장 고귀한 자리에 오르게 될 사내니까.

부의민이 혁련휘의 잔에 조롱박에 담긴 술을 옮겨 담으며 말을 이었다.

"오늘까지만 까불게. 이해 좀 해 주라."

"편한 대로."

"아 참, 하나 부탁이 있는데. 그 날 참석 못 해서 못 하는 거 오늘 내가 먼저 선수 좀 칠게."

말을 마친 부의민은 조롱박을 조심히 탁자 위에 올려 두고는 혁련휘에게서 몇 걸음 뒤로 물러났다. 십여 걸음 정도 떨어진 곳에 위치한 부의민의 얼굴에서 웃음기가 걷혔다.

진지한 표정으로 혁련휘를 바라보던 부의민이 천천히 양손을 머리 위까지 들어 올렸다. 그러고는 정중하면서도 예를 갖춘 목소리로 힘주어 한 마디, 한 마디 내뱉기 시작했다.

"군룡회의 회주 부의민, 그때 못 드릴 구배지례(九拜之禮)를 지금 올리도록 하겠습니다."

말을 마친 부의민은 다른 이들의 시선에는 아랑곳하지 않고 곧바로 혁련휘에게 아홉 번의 절을 하기 시작했다.

스승에게나 한다는 구배지례는 교주의 취임식의 마무리를 장식하는 중요한 행사다.

이 절차는 교주를 스승처럼 여기고 따르겠다는 의지를 보여 주는 것이다.

그리고 그러한 의미가 담긴 구배지례를 부의민 또한 하고 있었다.

영원한 주군으로 모시겠다는 맹세와 함께.

아홉 번의 절을 마친 부의민이 천천히 이마에 가져다 대고 있던 양손을 풀어 얼굴을 드러내며 다시금 말을 이었다.

"마교의 새로운 교주가 되심을 미리 경하드립니다."

말을 마친 부의민이 씩 웃어 보이며 혁련휘를 바라봤다.

시선이 마주친 짧은 사이, 둘 사이에는 말로는 주고받을 수 없는 많은 이야기들이 오고 간 듯했다.

부의민을 향해 혁련휘가 나지막이 고개를 끄덕거리는 순간, 웃고 있던 그가 입을 열었다.

"자, 그럼 인사는 이제 된 것 같고…… 가기 전에 술잔치나 한번 거하게 벌여 볼까?"

말과 함께 부의민은 곧바로 자리로 돌아와 항아리에 가득한 술을 조롱박을 통해 자신의 잔으로 옮겨 담았다.

그리고 환야 또한 술잔을 채우고 뭐가 그리도 좋은지 기분 좋게 웃으며 연달아 술을 들이켰다.

시끄럽게 떠들어 대며 웃고 있는 두 사람을 보며 혁련휘 또한 천천히 술로 입술을 축였다.

알고 있다.

웃는다고 해서 마냥 즐겁고 행복한 게 아니라는 것을.

오히려 내일 헤어질 것을 알기에 오늘을 더 유쾌하고 즐겁게 보내려 하고 있는 것뿐이다.

향이 좋은 매화석주라는 술을 다섯 잔 정도 연거푸 들이마신 혁련휘는 손가락으로 술잔을 어루만졌다.

오늘이 지나면 한동안 이런 시끌벅적한 모습은 보기 힘들지도 모른다는 생각이 들었다.

비설이 떠났고, 이번엔 부의민이 떠난다.

그렇게 결국 또 자신과 환야, 달치 이렇게 셋만 남게 됐다. 자하도에서처럼, 그리고 그곳을 나온 이후의 삶들처럼.

하지만…… 슬프지만은 않았다.

그때와는 달랐으니까.

이제 혁련휘에겐 비설이라는 소중한 여인이 생겼고, 부의민이라는 믿을 수 있는 수하도 늘었다.

잠시 떠나 있는 것뿐이다.

그리고 결국…… 이 자리에 있어야 할 다섯은 언젠가 다시금 이곳에 모이게 될 거라 혁련휘는 굳게 믿었다.

그렇게 혁련휘가 혼자만의 생각에 잠겨 있는 사이 무시무시한 속도로 술이 든 항아리를 비워 나가던 환야와 부의민이 어깨동무를 한 채로 시끄럽게 떠들어 댔다.

그러고는 뭔가가 생각났는지 환야가 그를 확 밀치고는 말했다.

"오늘 밤에 네 방에서 달치랑 나랑 셋이서 같이 자자. 옛날 생각도 나게."

"미친, 소름 돋게 왜 이래?"

싫다는 듯 정색은 하고 있었지만 말과는 다르게 부의민의 얼굴은 싱글벙글했다. 그런 그에게 다시금 어깨동무를 하며 환야가 조르듯이 말했다.

"너도 좋잖아. 인마."

"뭐 네가 정 원한다면야……."

애써 선심 쓰는 듯 말하는 부의민. 그렇지만 그 둘 사이에 불쑥 끼어든 달치가 고개를 저었다.

"달치는 싫다. 달치는 내 방이 좋다."

"망할 자식, 그럼 넌 빠지든가."

되받아치는 환야의 말에 달치는 머리를 긁적이다가 이내 입술을 내밀고는 고개를 끄덕였다. 자기도 빠지고 싶지는 않았던 모양이다.

그렇게 시끄럽게 떠드는 세 사람을 향하던 혁련휘의 시선이 이내 다른 곳으로 향했다.

혁련휘는 비어 있는 한쪽의 의자를 바라보며 그곳에 한 여인의 모습을 그렸다.

비설.

형님이라 부르며 언제라도 달려올 것 같은 그녀의 모습이 환영처럼 이곳에 함께하고 있었다.

비설 그녀와, 저 멀리서 시끄럽게 노래를 부르며 좋아하는 세 명의 사내들.

그리고 자신⋯⋯.

이 다섯이 다시금 함께할 수 있는⋯⋯ 그 날을 위하여.

마음 한편에 담아 두었던 소원과 함께 혁련휘가 잔에 남아 있던 술을 입에 털어 넣었다.

〈다음 권에 계속〉